YAMA

愛とは与えるものだから

Kazuya Nakahara
中原一也

CHARADE BUNKO

Illustration

奈良千春

CONTENTS

空が、憂いに覆われる。

朝夕の冷え込みが厳しくなってくると、いよいよ冬も間近といったところで、物思いに耽《ふけ》りたくなる空気で満ちてくる。わずかに残る秋の空気も日ごと薄くなっていき、厳しい寒さを思わせる乾いた風が頬《ほお》を撫《な》でる季節になった。

夜の帳《とばり》が下りるにはほど遠いこの時間はまだ暖かいことも多いが、明るさの中にどこか物寂しい空気が存在している。

自然の生き物たちが押し黙る季節が近づいているからか、心は晴れない。

「はぁ」

診察室の窓から見えるどんよりとした空に、坂下《さかした》は溜《た》め息を零《こぼ》した。なかなか気持ちが上向きにならないのは、このところぶ厚い雲が空を覆っているというのもあるが、それだけが理由ではない。窓の外ばかり見てしまうのも、溜め息ばかり零してしまうのも、目の前に乗り越えなければならない大きな問題があるからだった。

いずれ直面しなければならない時期が来るとわかっていたが、いざこうしてその時を迎えるとどうしていいのかわからず、頬杖《ほおづえ》をついて窓の外を見ながら憂い顔を晒《さら》すことしかできないでいる。

「なんじゃ～、こんなもんでわしの『ぷるるん王国』と交換なんぞできるかい！　わしのは3Dじゃぞ。3D袋とじじゃぞ。ほれ見い、ちゃんとメガネまでついておる」

「だから頼むっつってんだろう。もう売り切れてどこにも売ってねぇんだよ。俺がありさちゃんを好きなの知ってるだろうが」

「世の中はそんなに甘いもんじゃない」

待合室のほうから久住《くずみ》の声が聞こえると、坂下はそちらに目をやった。

元気な患者たちは、診察室に入ってこようとはせず、待合室でその健康ぶりを発揮していた。コンビニ前でたむろする少年と同じだ。待合室を連中に開放しているのは、坂下の目の届かない街の情報が集まるという利点があるが、さすがに自由すぎる。

ときどきここが診療所だということを忘れてしまっているのではないか、という疑問を抱くほどだ。

「じゃあワンカップ小結も二つつけるから、これで交換してくれ！」

「五つじゃ」

「間を取って四つ！」

「い～や、五つじゃ」

「頼むよ、今月は金欠なんだよ～」

「仕方ないのう。じゃあ、そっちの切り抜きもつけたら交換してやろう」

「よっしゃ！　契約成立だ！　うひょ〜、これでありさちゃんは俺のもんだ！」

夏の間はあまりの暑さにだらけていた連中も、秋以降元気が出てきてより手がつけられなくなっていた。花札、チンチロリンなどの賭《か》け事はもちろんのこと、エロ本の類《たぐい》を持ち込んで読書タイムと称した交換会を始めるなど、毎日くだらないことに時間を費やしている。あの体力を困っている人のために使えば世の中もう少しよくなるだろうが、そんなことは考えても無駄だとわかっている。

それでも小言を聞かせに行くのが坂下ではあるが、今日は叱《しか》りに行く気力はなかった。このところ坂下はずっとこんなで、連中を叱り飛ばす声もとんとご無沙汰《ぶさた》なのである。

それは診療所の常連たちもうすうす気づいているが、今は様子見といったところだろう。

『医者に戻る気はないか？』

口うるさい熱血医師が診察室から飛び出してくるのを連中が今か今かと待っていることなど気づきもせず、坂下はぼんやりと久住と斑目《まだらめ》の会話を思い出していた。

あれが夢だったら、どんなにいいか——。

そんなことを考えること自体罪のような気がして、身勝手な自分を持て余している。

久住の誘いは、斑目にとって喜ばしいものだ。年齢的にもブランク的にも、医師としてやり直すなら今しかない。これ以上時間が経《た》てば、戻りたくても戻れなくなってしまう。

確かに斑目の外科医としての腕はまだ鈍っていないし、それどころかいまだに目を見張るほどの腕前を発揮するが、医学は日進月歩で現場を離れるということがどれだけ医師にとってマイナスになるのかは、坂下も同じ医師だからわかるのだ。

今が、最後のチャンスになるかもしれない。

一時は医師に戻るつもりはないとはっきり口にしたこともあったが、人は変わる。そして、斑目は変わった。患者を人と思わないような斑目は、もうどこにもいない。

斑目には医師としてやり直す資格があると、自信を持って言える。たとえどんな過去があろうとも、それをなかったことにはできずとも、再びメスを握る資格を斑目は持っている。だからこそ、坂下が背中を押してやらなければならないのだ。

わかっている。わかっているのに……。

坂下は、寝癖のついた髪をぐしゃぐしゃにかき回した。

そして、また溜め息。

今にも泣き出しそうな鈍色の雲に目をやり、いったい自分はいつからこんなふうになってしまったのだろうと自問する。こんなに意気地のない奴だっただろうかと……。

その時、診療所の電話が鳴った。受話器を取ると、聞こえてきたのは明るい声だ。

『俺です』

「双葉《ふたば》さん⁉」

それまで背中を丸めていた坂下は、久々に聞く双葉の声に背筋を伸ばした。つい半年ほど前までは、この街で斑目と一緒にその日暮らしの生活を満喫していた双葉だが、大事なものを手に入れるために自由気ままな生活を手放した。

子供を持つ父親としての自覚を胸に、日々がんばっているその姿が目に浮かぶ。

定期的に送られてくる葉書を見ても元気が出るが、やはりこうして声を聞くのは嬉《うれ》しい。

『先生、元気にしてました?』

「もちろん元気ですよ。この前、葉書来ましたよ。動物園のやつ」

『ああ、あれ! いい写真だったでしょ。洋《ひろし》が動物好きでさー。もう、目がきらきらしちゃってるんっすよ。子供ってあんな目ぇするんだなーって思ってさ』

つい先ほどまで溜め息をついていたが、双葉の声を聞くと少しは明るい気持ちになることができた。貰《もら》った写真を引き出しから取り出して、目を細めながら双葉の前向きな姿を目に焼きつける。

「すごく楽しそうだっての、写真から伝わってきますよ。お父さんと動物園かぁ。きっと洋君にとっていい思い出になりますね」

『相変わらずカメラ向けるとぶすくれた顔になるけどね』

「でも、我慢して笑わないようにしてるって感じでしたよ。まだ照れ臭いんですよ」

『そうかなぁ。そうだといいけど。あ、そうそう。この前、ニュース見たよ。先生、また厄介事に首突っ込んだみたいっすね』

いきなり美濃島《みのしま》の事件のことを切り出され、坂下は「はは……」と笑った。

あの事件は全国的にも大きく取り上げられたため、おそらく双葉の耳にも入っているだろうと思っていたが、予想通りだ。

「やっぱり、双葉さんにもあのニュースは伝わってたんですね。まぁ、テレビで散々やってたから当然か……」

『いろいろ忙しくてさ、知ったのは事件があってしばらくしてからだよ。久々にテレビをゆっくり見る時間ができたと思ったら、先生たちのことやってんだもん。びっくりしたよ。もう大丈夫なんすか？』

「ええ。一応落ち着きました。まだときどき、記者の方を街で見かけますけど」

坂下は、最近頭を悩ませているもう一つの問題を思い出した。無意識のうちに声のトーンが下がってしまうのは、美濃島の事件があれで終わらず、新たな問題を街にもたらしていたからだった。

これまでも生活保護費の不正受給についてテレビで取り上げられることはたびたびあったが、美濃島がいた『夢《ゆめ》の絆《きずな》』が起こした事件は、世の中の批判に火をつけたと言っていい。

もちろん不正受給は許されるものではないが、生活保護というシステムを利用していることまでをも罪のように言う者も出てきている。これまでもそういった考えの人間はいただろうが、あの事件が引き金となり、インターネット上では過激なことを言う人間も出てきているようだ。

その影響か、街のホームレスたちに対する風当たりも強くなってきている。

『困ったこと起きてないっすか？』

「困ったことって？」

『前もあったじゃないっすか。高校生のガキが街のホームレス襲った時、迎えに来た親とか警察とか、滅茶苦茶《めちゃくちゃ》な言い分だったし、また似たようなこと起きてないかなって』

さすが双葉だ。あの事件が街に及ぼす影響をちゃんと見抜いている。

「大丈夫ですよ。まぁ確かに影響がないとは言えないけど、今のところ大きな問題は起きてませんし。本当に大丈夫です」

『だったらいいけど。ところで、あそこで手術やったんすか』

「ええ、まぁ」

『相変わらずっすね。斑目さんの強引さは変わらないな。俺がいなくなって人手足りないんじゃないっすか？』

「そういう心配もいいんです。もう、心配性なんだから」

『心配したくなるんっすよ、先生は』

新米パパとして奮闘している双葉と話をしていると、自分も強くならなければと思った。

こんなことではいけない。斑目のために、自分がしっかりしなければならない、と……。

しかし、そんな坂下の心を読んだかのような言葉が返ってくる。

『ねえ、本当に大丈夫っすか?』

「え……」

真面目《まじめ》な双葉の声に、心臓がトクンと鳴った。

双葉の声はどこか思慮深さのようなものがあり、坂下は自分の心を見抜かれている気がした。斑目が久住に離島で医師として再びやり直さないかと誘われていることまでも、すべて知られていそうだ。

そこまでではなくとも、揺れ動く坂下の心は直感でわかっているのかもしれない。

「どうしてです? 元気ですよ」

『なんだか無駄に元気っつーか、無理して明るく振る舞ってるっつーか』

「そ、そんなことないですよ。何言ってるんですか。勘ぐりすぎじゃないです?」

あははは……、と笑うが、正直なところ隠し通せた気がしなかった。

鋭い双葉のことだ。きっと無理して笑っていることに気づいただろう。せっかく息子《むすこ》のために街を出てがんばっているのに、無駄な心配をかけたくないのに、なぜ自分はこうも頼りないのだろうと情けなくなってくる。

本当に駄目な奴だと、ますます落ち込んだ。

『なんかあったら、相談に乗るっすよ。斑目さんがいるから大丈夫だと思うけど、旦那《だんな》だからこそ言えないこともあるしね～』

「誰が旦那ですか」

からかわれてすぐに突っ込みを入れると、安心したような笑い声が聞こえてくる。

『その調子っすよ。先生は元気が似合います』

「……双葉さん」

『俺、先生に散々世話になったから、先生に何かあった時は必ず力になりたいんだ。力になれる男でありたい。だから、遠慮なく言ってくださいね』

「はい」

『じゃあ、そろそろ電話切るよ。今日はこれから買い出しとか行かないと。時間限定で卵の特売やってるんだ。豚細切れも五時まで半額ってさ』

チラシをめくる音がし、夢のために少しでも貯金をしようとがんばる双葉の姿勢に胸が締めつけられる思いがした。

その強さを、羨《うらや》ましく思う。情けない自分を恥ずかしいと思う。

「双葉さんこそ、困ったことがあったら連絡してくださいね」

『もちろんっすよ。じゃあね！』

電話を切ると、坂下はこんなことでは駄目だと自分に言い聞かせた。しっかりと気持ちの整理をし、斑目を送り出す勇気を持たなければと。次に双葉と話をする時は、斑目の新たな一歩を心から祝っていられる男でありたい。

「おー、先生。何色っぽい顔を晒してんだぁ?」

「あ。斑目さん」

窓の外を見ると、斑目が両手に何やら荷物を抱えてこちらに歩いてくるところだった。

「今双葉さんから電話があったんですよ。もう切っちゃいましたけど」

「そうか。元気にしてたか」

「ええ、洋君のためにがんばってるみたいですよ。それより、それなんです?」

「戦利品だ」

言いながら、抱えていたものを窓のサッシの上に置く。担いでいたのは十キロ入りの米と、その他食料品の入った袋だ。中を覗《のぞ》くと、缶詰やインスタントラーメンの他に、タバコもワンカートン入っている。

「ほら、すげぇだろうが」

「米も景品なんですか?」

「ああ。最近は充実してるなぁ。ほら、全部先生のだ。受け取れ」

「え、いいんですか。……っと!」

いきなり手渡され、反射的に米を受け取る。その上に食料品の入った袋を乗せられた。

斑目はときどきこうして戦利品をお裾《すそ》分《わ》けに来るが、今日は一段と豪華な品揃《ぞろ》えだ。それらを診察室の隅に置いてから窓の下を覗くと、斑目はそこに座ってタバコを吸い始める。

漂ってくるのは、いつもの『峰《みね》』の香りだ。

「もしかして、わざわざ買ってきてないでしょうね」

「そこまでしなきゃならねぇほど、自分を情けねぇ男だと思ってんのか？　そんなことしてバレた日にゃあ、絶交されちまう」

「だったらいいですけど」

そう言うが、米まで揃えてあるのだ。よく考えると、下着やら何やら斑目が生活に必要なものを手に入れる代わりにこれらを持ち帰ったことになる。買ってくるのとさほど変わりないような気がした。

「ねぇ、斑目さん」

「なんだ？」

「差し入れのお礼に、夕飯食べていきます？」

「お。それはプロポーズか？」

「違いますよ」

冷たい視線を注いでやるが、斑目の目は笑ったままだ。タバコを咥《くわ》えた楽しげな口許《くちもと》に男臭い色香を感じ、目許が熱くなるのを感じた坂下はさりげなく目を逸《そ》らした。

「いくらパチンコの景品っていっても、元手は斑目さんのお金だし、貰ってばかりじゃあ気が引けますから。なんなら弁当も持っていきます？　大したものは作れませんけど、どうせ自炊してるんだし」

頑《かたく》なに世話にならないと言いたいわけではないが、やはり世話になりっぱなしというのはあまりに情けなく、そんな提案をしてみる。

「いいねぇ、愛妻弁当か。先生、おにぎり握ってくれよ」

「いいですよ。具は何がいいです？　俺はだんぜんおかかですけど」

「そうか、握ってくれるのか。そりゃ楽しみだな。俺はおかかもいいが、明太子《めんたいこ》が一番いいな。焼かずにな、生がいいんだよ。先生がこう……生でぎゅっと……」

「――握りません！」

最後まで言わせないぞとばかりに遮ると、斑目はケラケラと笑った。こういった反応を喜ぶことは十分わかっているのに、つい本気で反応してしまう。我ながら進歩がないと思うのも、何度目だろう。

そしてふと、こんなやりとりもいつまでできるのだろうかと考えてしまい、心に冷たく乾いた風が吹いたような感覚を覚えた。それは嵐《あらし》のようにすべてをなぎ倒す強さはないが、少しずつ少しずつ潤いを奪い、ひび割れを起こさせる。

「どうした？」

「あ、いえ。なんでもないです。弁当は約束します。あと、夕飯も食べに来てください。あくまでも食事だけですからね！」

いつものように、ぴしゃりと強い口調で言う坂下に、斑目は笑った。手に負えない大人の余裕の態度。それは、坂下の心を魅了し続けている。

「わーってるよ。食事だけな」

本当かどうか怪しいものだと疑いの眼差《まなざ》しをたっぷり注いだ後、坂下は窓から離れて仕事に戻った。

「先生〜、飯喰《く》いに来たぞ〜」

いったん診療所を後にした斑目が再び姿を見せたのは、午後七時を過ぎる頃だった。仕事を片づけて二階で夕飯の支度をしていた坂下は、階段を上ってくる斑目を見て、みそ汁の鍋《なべ》を温め始めた。

「あ、斑目さん。いらっしゃい」

右肩から左脇《わき》に向かって斜めに紐《ひも》がかかっているのに気づき、なんだろうと思ってよく見てみると、ウクレレを背負っている。子供の頃に見たテレビ番組でギターを背負った格好いいヒーローがいたが、小さな楽器は逆三角形の躰《からだ》にすっぽり隠れてしまっていて、こちらはなんだかおかしい。

「また持ってきたんですか？」

「飯喰った後に、俺が窓辺で先生に愛の歌を歌ってやろうと思ってな。ロマンチックな夜になりそうだろう？」

「どこがですか。どうせ変な歌しか歌わないくせに」

「変な歌って『あそこの歌』か？　聞きたいならそれも歌ってやるぞ〜」

斑目はウクレレを畳の上に置くと、手に小さな袋を持ってシンクの前に立った。中から出したのは、新聞紙で包まれたものだ。どうやら陶器らしい。

「なんですそれ？」

「俺と先生の夫婦茶碗だ」

「わざわざ買ってきたんですか」

「おうよ。先生とのせっかくの夜だからな」

斑目はそう言って茶碗を軽くすすいで、かけてあったふきんで水滴を拭き上げた。

夫婦茶碗は中央にハートのマークが入ったデザインになっており、どう見ても若い新婚夫婦をターゲットにした商品としか思えなかった。これを男二人ちゃぶ台に向かい合って使うのかと、その様子を想像して眉間《みけん》に皺《しわ》を寄せる。

「気に入ったようだな」

「どこがですか。この顔のどこが気に入ったように見えるんですか」

「そう言うなって。どうせ食器もあんまりねぇんだし、この際ちょっとくれぇ増やしてもいいだろうが」

確かに最低限の食器しかないため、種類はバラバラで中には端が欠けているものも少なくなかった。ハートマークは不本意だが、ありがたくいただくことにする。

「じゃあ、ありがたく使わせてもらいます。ところで、久住先生はどこに行ったんですかね。夕方までいたのに」

「また飲み歩いてんだろう」

「それじゃあ、先に食べてましょうか」

坂下はみそ汁をつぐと、おかずの載った皿を次々とちゃぶ台に運んだ。缶詰を温めたものや残り物ばかりだが、これでもいつもより贅沢《ぜいたく》なほうだ。斑目のご飯はてんこ盛りにし、何度お代わりしてもいいように、炊飯ジャーはちゃぶ台の横に待機させる。

「いただきま～す」

斑目と二人でちゃぶ台を囲むのは、少し妙な気がした。これでは、本当に夫婦だ。なんだか少し照れ臭く、早く久住が帰ってこないかなんて考えてしまう。

「缶詰もこうして温めると旨《うま》いもんだな」

「ですよね。アサリの醤油《しょうゆ》煮ってお酒のつまみにもいいけど、ご飯に合いますよ」

決して充実した食生活とは言えないが、誰かと食卓を囲むのはいい。久住が居候しているため、このところ一人で食べることも少なくなってきたからか、余計にそう思う。

「あ。お弁当も作りますからね。明日何時です?」

「弁当はいいよ。俺は朝早ぇから」

「おにぎり握ってくれって言ったじゃないですか」

「別のもん握ってくれりゃいいよ」

「だからそれは握りませんって言ったでしょ」

「そんなに堅ぇこと言うなって」

愉《たの》しげに口許を緩めながら見つめられ、坂下は「また始まった……」と、斑目のペースに乗せられまいと視線を逸らして食事を続けた。相手にすると調子づくと思い、できるだけ冷たい口調で事務的に返事をする。

「握りません」

「握ってくれよ」

「握りませんからね」

「握ってくれって」

「握りませんって言ったでしょ」

「握ってくれよ〜」

「握りません！」

夕飯を食べながら延々と握る握らないで押し問答をしているこの状況は、決して普通とは言えないが、すっかり慣れてしまっていることに気づかされる。順応性があるのはいいことかもしれないが、果たしてこれでいいのかと自問せずにはいられなかった。

そしてふと、斑目が急に黙り込んだことに気がついて視線を上げた。すると、優しげな眼差しとぶつかり、心臓がトクンと小さく跳ねる。

「な、なんですか？」

「握ってくれ」

「にーぎーりーまーせんっ！」

ロマンチックなことを口にしそうな表情だっただけに、同じことしか言わない斑目にそれまでなんとか保っていた平常心は奪われ、感情的に言い返してしまった。修行が足りないと反省するが、ひとたび崩れてしまうとあとは崩れっぱなしだ。

しつこくお願いされ、終いには「見るだけでもいい」と言われ、斑目のふざけた態度に思わずちゃぶ台をひっくり返しそうになる。そんな坂下を見る斑目の目は、とんでもなく愉しそうで、それがまた癪《しやく》だ。食事が終わる頃にはすっかり斑目のペースに巻き込まれてしまっていて、挽回《ばんかい》のしようがない。

「ごちそうさま！　斑目さんはそこに座っててていいですからね！」

食べ終わった食器を運ぶと、坂下は一人シンクの前に立った。仲良く並んで洗いものなんて、どんな悪戯《いたずら》をされるかわからない。

けれども、そんな予防線も斑目を前にすれば意味をなさなくなる。

ポロン、と背後からウクレレの音が聞こえてきた。また「あそこあそこ」と自作の歌を歌い出すのかと思い、今度こそ斑目のペースに乗せられまいと無視を決め込むが、背後から聞こえてきたのは予想とは違うものだ。

「あなたの～熱い～唇で～、わたしの～名前を～呼んで～」

坂下は、洗いものをする手を一瞬止めた。慌てて再開するが、斑目の歌声は容赦なく耳に流れ込んでくる。

「あなたの～熱い～瞳《ひとみ》で～、わたしを～見つめていてぇ～～」

それは、世界的にも有名な愛の歌だった。

もともとは外国の歌だったものに日本語の歌詞をつけ、女性のシャンソン歌手が歌ったことで日本でも知れ渡ることとなった。実力のあるシンガーたちの手により、何度もカバーされている。二年ほど前に若者に人気の女性アーティストが歌ったものがＣＭソングになったことから、再注目されたのをよく覚えている。

秘めた情熱を歌い上げるアーティストたちのパフォーマンスはどれもすばらしいものだったが、斑目の歌声もまた聴く者の心に響くものだった。

「あの空よりも～、この大地よりも～、あなたのその腕が～、わたしの望み～、あなたのその腕に抱かれることが～、わたし～の～、望み～」

愛する男性に対する女性の気持ちを歌ったものだが、斑目が歌うと自分の奥に眠る本音を代弁されているような気がする。

あの空よりも。

この大地よりも。

あなたのその腕がわたしの望み。

あなたのその腕に抱かれることが、わたしの望み。

溢《あふ》れるほどの想《おも》いが感じられ、坂下は高鳴る心臓を抑えることができずに、食器がきれいになっても延々と水を流していた。

まさか、本気の歌声を聴かされるとは思っていなかった。不真面目に歌っても、斑目の熱い胸板に反響して聞こえる声は深みがあり、思わず聞き惚《ほ》れそうになるというのに。

こんなのは反則だ。

坂下は心の中で斑目に抗議した。

こんなのは、反則だ。

いきなりそんな歌声を聴かされたら、どうしていいのかわからない。

「な、先生」

歌声がやみ、静かに語りかけられて身構えずにはいられなかった。ゆっくりと近づいてくるのがわかる。すぐ背後に斑目が立ったかと思うとシンクの縁に両手を置かれ、濃密な気配を首の辺りに感じる。

「どうだ？　こういう歌なら、先生も怒んねぇだろう？」

何か言ってやろうと思ったが、何も出てこなかった。深い愛情を感じる歌声に圧倒され、感動すら覚えている。そして、酔わされている。

「なんだ、思ったより効いたみてぇだな」

耳許で揶揄《やゆ》され、息を呑《の》んだ。直接触れ合わずとも斑目の体温を躰が思い出し、完全に逃げ場を奪われた。聴かされた斑目の歌が、リフレインする。

あなたのその腕に抱かれることが、わたしの望み。

斑目に対する気持ちが、表に引きずり出されてしまう。

「こっち向いてくれよ」

「あの……」

肘《ひじ》に斑目の指がそっと触れ、促されて坂下は覚悟をして躰を反転させた。けれども、斑目と目を合わせることができず頑なに下を見つめたまま、じっとしている。

斑目の熱い視線が注がれているのがわかり、心臓はますます高鳴った。

あなたのその腕に抱かれることが、わたしの望み。

あのフレーズが、坂下の心をざわつかせる。

「ん……」

唇に唇を押し当てられ、軽く吸われてからすぐに解放された。突き飛ばすべきか素直に身を委《ゆだ》ねるべきか、迷っているうちにもう一度口づけられる。今度は腰に腕を回され、強く抱き寄せられて躰が密着する。

斑目の体温。

それは心地《ここち》好《よ》く、同時に坂下を落ち着かなくさせた。伝わる情熱に身を委ねてしまいたいと目を閉じた瞬間――。

『お～い、斑目ぇ～』

一階から久住の声がしたかと思うと、ドカドカと中に入ってくる診療所の常連たちの足音がした。

「どぁあ！」

突き飛ばされた斑目が、大股《おおまた》を開いた格好でひっくり返る。ちゃぶ台で頭をしたたかに打ったらしく、ゴッ、という鈍い音がした。

「あ……」

しまったと思うが、もう遅い。気絶した蛙《かえる》のような格好で畳の上に仰向《あおむ》けになっているのを見て、深く反省する。

「何しとるんじゃ～」

階段を上ってこようとする足音に、坂下は慌てて上から顔を覗かせた。

「あ、いえ……。ご飯食べて片づけしてたところです。ど、どうしたんですか？」

「みんなで宴会じゃ！」

「え……宴会って……」

見ると、診療所の常連たちが雁首《がんくび》揃えて待ち構えている。全員酔っているようで、まるでコントの芸人のように鼻の頭が真っ赤だ。床の上には、すでに一升瓶やらつまみやらが並べられていて、床に座って飲み始めている者もいた。

「ここは集会所じゃないんですよ！」

「なんだ、久住先生がいいっつーから、始めちまったよ～」

上機嫌になった連中が、悪びれもせず坂下に向かって手を振ってみせる。

こうなると、もう手がつけられない。諦《あきら》めて溜め息をつくと、斑目が頭をぐしゃぐしゃとかき回しながら坂下の隣に来て、ジロリと睨《にら》まれた。自分もその気になっていたのに、あんなに酷《ひど》く突き飛ばしてしまったことが後ろめたい。

「ったく、ジジィめ。せっかくのところを邪魔しやがって。くそ、俺も飲むか！」

斑目は勢いよく階段を降りていき、酔っ払いたちの輪に加わった。

「ちょっと、斑目さんまで……っ！」

それから待合室で宴会が始まった。すっかり酔った連中は、下半身丸裸になると、診察室から持ち出した医療用ステンレスボウルを両手に持ち、右手、左手、と股間《こかん》を隠して踊り始める。

「診療所名物、チンコ踊りじゃ！　ほれっ、よっ、はっ」

「勝手に名物にしないでください！　ほら、備品で遊ばない！」

診療所の待合室はあっという間に大騒ぎとなり、手のつけられない状態になった。斑目は隠すつもりすらないようで、いきなりベルトを外し始める。

「よーし、俺のエキゾチックジャパンを拝ませてやる！」

さっぱり意味がわからない。

「よせー、斑目ぇ！　逆だ逆！　見せるんやなくて隠すんや、隠すんやぞ！」

「てめぇら、目ぇひん剝《む》いて拝みやがれ。エキゾチ〜ック、ジャペーン！」

その瞬間、オヤジ連中の野太い悲鳴がこだまし、待合質は阿鼻叫喚《あびきょうかん》の巷《ちまた》と化した。ここまで酷いらんちき騒ぎは、久し振りかもしれない。

「もう、……サイッテー」

坂下は深々と溜め息をつき、頭を抱えた。

宴会が終わった後、坂下は酔いつぶれて寝てしまった斑目や他の連中に毛布をかけてから、ホームレスたちの見回りに出た。今日は一時間ほどで帰ってきたが、待合室で大いびきをかいている連中を見て、どっと疲れが出てしまう。

腹を出して大の字になって寝ている者や、一升瓶を抱えて寝ている者。だらしのない顔が勢揃いだ。その中でも一番酷いのは、やはり斑目だった。

なぜそうなったのか、真っ裸で坂下の白衣を羽織り、首から聴診器をかけている。股間のところは辛《かろ》うじて白衣の裾が被《かぶ》さっているため、ご自慢のものは露出していないが、このまま外出したら間違いなく職務質問をされた挙げ句に変質者として留置所に放り込まれるだろう。

(まったく、もう……)

叩《たた》き起こす気も失《う》せ、坂下は二階に上っていった。すると、久住が階段側に背中を向けて何やらごそごそやっている。

「久住先生。何してるんですか?」

「お、帰ったか。今日くらいホームレスどもとの交流も休めばよかったのに、お前さんも律儀じゃのう」

「まぁ、半分趣味みたいなもんですから」

　本音を言うと、久住は「ひゃっひゃっひゃっひゃっひゃ！」と腹を抱えて笑った。笑いを取るつもりはなかったが、思わぬところで自分が普通と少し違う感覚だということを認識させられる。あまりに笑うものだから、ついそれだけじゃないと主張したくなった。

「それに、あの事件の後記者の方が街をうろついてたりしてて、いろいろ心配なんです。前にも高校生がホームレスを襲う事件が起きてるし」

「美濃島のことで、この街への世間の風当たりが強くなっておるようじゃな」

「ええ。さすがにこのところのマスコミの騒ぎ方はちょっと酷いんで、気をつけておいたほうがいいと思って」

　今のところ大きな問題は起きていないが、時折不穏な空気を感じることがある。こういった感覚を抱くのは初めてではなく、これまでの経験から、用心しておいたほうがいいというのは明らかだ。

　何もなければいいが……、と尽きない悩みに表情を曇らせる。

「お前さんも苦労が絶えんのう」

「まぁ、慣れてますから。それより、荷物の整理なんかしてめずらしいですね」

「実はなぁ、散々世話になったし、ここを出ようと思っておるんじゃ。そろそろ帰る時期と思うてな」

「え、帰るって……」

突然のことに、坂下は驚きを隠せなかった。久住がずっとこの街にいると思っていたわけではないが、まだまだ先のことのように感じていたのだろう。

今日、強引に待合室で宴会をしたのは、そういうわけだったのかと納得する。

「もう、水臭いですね。言ってくれたらちゃんと送別会したのに」

「なぁに、わざわざそんなもんしてもらわんでも、また遊びに来るぞ」

「それは大歓迎ですよ。でも、ちょっと寂しくなりますね」

思わず出た本音に、久住はにんまりと笑った。初めて診療所に来た夜、この笑顔を妖怪《ようかい》のそれと間違ったことを思い出し、懐かしくなる。ずっと昔のことのように思えるのは、久住がそれだけ街に馴染《なじ》んでしまったということなのだろう。

「それで、島に戻るんですか？」

「そうじゃ。わしにも帰る場所はあるからのう。引退したからと言って島を出るつもりもない。後のことは若いのに任せて、優雅に暮らすんじゃよ」

久住の「帰る場所がある」という言葉に、坂下の心臓が大きく跳ねた。なるべく考えないようにしてきたが、自分が見ないようにしていた現実を直視させられた気分になる。

帰る場所。

そうだ。久住には帰る場所がある。生活の基盤を持っている。歳《とし》を取って働けなくなっても、食べていくだけの貯蓄と年金くらいはあるだろう。それが、正しい余生の送り方だ。ここに集まる年老いたホームレスたちのように、寒空の下で躰を小さくして寝なければならない生活ではない。寒波が来ても凍死する心配のない、当たり前の生活。

坂下を見上げる久住の目に、わざとその言葉を使ったのだと思い知らされた。

久住は、見抜いている。坂下が何を思い、何を悩んでいるのかをちゃんとわかっている。

さすがに斑目を仕込んだ医師だ。たった数ヶ月ではあるが、ここで一緒に寝泊まりしている相手のことなど、お見通しということなのだろう。

「この前、立ち聞きしておったじゃろう?」

返事はしなかったが、坂下の表情から察したらしい。

「お前さんは、あやつがずっとこの街に留《とど》まることを望んどるのか?」

「い、いえ……」

「あやつの腕はまだ腐っておらん。まだ十分に使える。それに、あやつの医者としての心もまだ生きとる」

それは、坂下も感じたことだ。美濃島の一件で痛感した。

躊躇《ちゅうちょ》せず美濃島の治療をする坂下に、当たり前のように手を貸した斑目を思い出す。

誰が患者であっても、全力を尽くすのが医師だ。治療を拒むことで罰するような真似《まね》はしない。何が正しいのか判断し、それを実行できる理性がある。

「あやつは変わった。心をなくした時期もあったが、今は違う。あやつを腐らせておくのは勿体《もったい》ないと思わんか？　あやつのためにもならん。……ただ、心残りがあるようじゃ。あやつがここに留まる大きな理由は……あんたじゃ。わかっとるんじゃろ？」

久住が何を言いたいかは、よくわかっていた。

久住は、斑目がこの街から卒業するよう、その背中を押してやれと言っているのだ。心残りが坂下なのだとすれば、坂下本人がその口から斑目に前に進むよう言うのが一番いいだろう。

斑目が街を出ていかない理由にわずかながらでも坂下の存在があるのなら、それを喜んではいけない。斑目が自分のために、ここに残ることを選択したことをいずれ後悔する日が必ず来る。

「まぁ、若いもんには、いろいろ難しいかもしれんがのう。あやつが決心すれば、いつでも迎え入れる準備はできとる」

「……久住先生」

久住は、坂下の迷いにも気づいているようだった。それ以上無理強いすることはなく、忠告はしたが後はすべて坂下に任せるといった態度だ。達観した久住に、自分の人としての未熟さを改めて見せつけられた気がする。

「じゃあ、もうわしは寝るぞ～。今日は楽しんだからの～」

久住が布団に潜り込むと、ほどなくして寝息が聞こえ、坂下もシャワーを浴びた後布団に入った。

診療所で一日働いた上にホームレスたちの見回りで、いつもならスイッチが切れるように寝てしまうのだが、その日は違った。躰は疲れていても、斑目をどう送り出せばいいのかと考えているうちに睡魔はどこかへ行ってしまう。

ようやく眠りについたのは、明け方近くになってからだ。寝不足のまま診療所の一日が始まり、時折あくびを嚙《か》み殺しながら街の連中に囲まれて騒がしい一日を過ごす。

それから数日後、久住は診療所を出ていった。

「それじゃあ、達者でな～」

「また遊びに来てくれよ～」

仕事にあぶれた街の連中が、久住を見送るために診療所に集まっている。子供のように仲良く悪さをした仲間たちだ。

「また遊びに来るぞ～。そん時は土産《みやげ》におなごの写真をたんまり持ってきてやるからの～」

「なんなら本物連れてきてもいいぞ～」

「そうだそうだー。本物連れてこい～」

「飲みすぎないようにしてくださいね～」

「わかってお～る」

屈強な男たちとともに見送りをする坂下に久住が残したのは、斑目をよろしく頼むという視線だった。言葉にせずとも、ちゃんとわかる。この街から卒業させなければならないということも、ちゃんとわかっている。

「やっと帰りやがったな。ったく、騒々しいジジィだったよ」

笑いながら久住を見送る斑目の横顔を見て、坂下は自分のなすべきことをなさねばと覚悟をするのだった。


久住が街を去っても、診療所は相変わらず騒がしかった。小競り合いやら、馬鹿騒ぎやらで落ち着く暇もない。しかも今日は診察時間を過ぎてから患者がやってきて、夕飯もそこそこに再び診察室に戻るハメになった。

一人は、頭にケガをした年老いたホームレスだった。どうやら寝ているところを襲われたようで、偶然それを見かけた診療所の常連が連れてきてくれた。自分から詳しいことは何も話さないが、診療所に来てくれただけでもよかったと思う。

「突然殴られたって……酷いですね。ああ、ここ切れちゃってますね。痛いでしょう?」

傷はそう酷くはなかったが、いきなりのことでショックを受けているようだ。おどおどと目を泳がせている。言葉も最小限にしか発しようとはせず、頷《うなず》いたり首を振ったりするばかりだ。

「それがよぉ、四十代くらいの男でよぉ、じーさんの家が目障りだとか言いやがって、いきなりだよ。段ボールハウス全部ぶっ壊しやがって、こんなじーさん相手に、あそこまでやりすぎなんだよ。弱いもん苛《いじ》めて何が楽しいんだか」

「心ない人もいますからねぇ。あ、大丈夫ですよ。すぐに済みますから」

坂下は傷をきれいに洗って、医療用のテープで固定した。縫うほどではないが、深めの傷の場合はこれを使う。患者の精神状態を考えても、できるだけ大袈裟《おおげさ》にならないようにしたほうがいいとの判断だ。

「はい、終わりました。お金は結構ですよ。治療ってほどのことはしてないし、幸い大きなケガでもなかったですから。何かあったらここに来てください。どんなことでも相談に乗りますよ」

治療を終えると、ホームレスは無言で頭を下げた。聞き取れなかったが、小さな声を発したのがわかる。おそらく礼を言ったのだろう。

「ほら、じーさん。行くぞ。ここの先生はいい人だから、心配すんなって」

「じゃあ、あとお願いしますね」

「おう。宿に帰るついでだ。公園まで俺が送るよ」

男に促されて一緒に診察室を出るホームレスを見送りながら、気持ちが沈むのを感じた。

こういうことが起きるのは、久し振りだ。これも『夢の絆』の事件が後を引いているのかと思うと、これからまだまだ何か起こりそうで気が重い。この街に平和が訪れるのはいつなのだろうかと思った。

「もういいか〜、先生」

「ああ。すみません。お待たせしました。どうぞ」

次に診察室に入ってきたのは、具合が悪そうにしている男だった。熱があるのだろう。顔は火照り、声はガラガラだ。足元もおぼつかず、ふらふらしている。

「えーっと、初めてですよね」

「ああ。ツケで診《み》てくれるって言うからよ。本当はこんくらいで病院なんか来たくねぇんだけど、ここんとこ割のいい仕事が増えてきたし、今体調崩すわけにいかねぇから」

「心配しないでください。身上書を書いてくれれば、支払いの相談には応じます。とりあえず、先に診察しましょうか。はい、あーんして」

体温計を渡して脇に挟ませると、喉《のど》の状態を診てから、リンパの腫《は》れ具合を確認する。

「できれば診療時間内に来てくれると嬉しかったんですけど。まぁ、初回ですしね。我慢し続けずに来てくれただけでもよしとしますか」

このところ、常連たちの口コミなのか、新しい顔もよく見るようになった。躰の辛《つら》さや痛さを我慢していた労働者たちが、支払いのことは後回しにして診察を受けに行こうと思える状況ができているのかと思うと、少し嬉しくなる。

まだまだ規模としては小さいが、それでもここがないよりいい。そう信じられる。

「あー、リンパも腫れてますねぇ。体温計は……っと、熱もすごいですよ。このくらいってレベルじゃないです。解熱剤入れておきましょうか」

「げ、解熱剤⁉　もしかして……あれか。尻に入れるやつか？」

「ピーピー言わない。子供じゃないんだから」

「ちょっと、それだけは勘弁……」

「早く治したいんでしょう？　割のいい仕事があるうちに復帰したいなら言うこと聞いて」

坂下は診察台に乗るよう男に命令してからズボンを下ろさせ、無防備な格好になった男の尻を見下ろしながら、手袋を装着した。屈辱的だと文句を言っているが、坂下たち医師にとってこんなのは八百屋《やおや》の店先に並んだかぼちゃと同じだ。

「くそー、可愛《かわい》い看護婦さんならまだしも……、うぉ、うぉぉお、――うぉっ！」

「はい、終わりました、ズボン上げていいですよ」

手袋を外してゴミ箱に入れ、いつまでもウジウジ不満を零している男を冷たく見下ろしてやる。

「ま。そんなことを言う元気があるなら大丈夫でしょう。喉の薬も出しますけど、ドロップタイプにしておきますね。殺菌作用があるので、嚙まずに口の中で溶かしてください。身上書の書き方も教えます」

書類を出し、バインダーに挟んでボールペンとともに渡す。

「ここが今泊まっている宿と部屋。あと、次の収入の予定も書いておいてください」

「ああ」

「自分で払いに来てくださいよ。お酒に消える前にちゃんと来ること。わかりましたね」

「わかったわかった」

「はい。それでいいです。じゃあ、ちゃんと休養取ってくださいね。お大事に」

身上書を受け取って患者を帰らせると、ついでとばかりにそのまま診察室で未回収の診察代のチェックを始める。

身上書には次の収入の予定があれば書くようになっていて、支払いの約束日を過ぎているものが三件あった。自分から払いに来るよう言ってあるが、何せその日暮らしの気ままな生活が板についているような男たちだ。忘れていたなんて言われることもよくあり、その場合は宿に電話をして呼び出すか伝言を頼むようにしている。

坂下は同じ用事で何度も電話をしている簡易宿泊所に電話を入れ、宿の主人に伝言を頼んでから電話を切った。これで来てくれればいいが、あまり期待しないことにする。

「あと少し待ってみて、来なかったら回収かなぁ」

ホームレスたちの見回りのついでにでも寄ってみるかと、治療費が未回収のままの患者の身上書をじっと眺めた。

「はぁ」

二階に上がって休みたいところだが、その気力もない。

久住が街を去ってから数日経つが、いまだにあの約束を果たせないでいる。しかも、久住を見送ったからか、同じように街のみんなに見送られて街を出ていった双葉のことを思い出していた。

あの時の切なさを……。

斑目がいたから、双葉の門出をなんとか祝うことができた。支えてくれる人がまだいるから、耐え切れた。寂しくても、辛くても、泣きながらでも、最後はちゃんと笑顔で見送ることができたのだ。

けれども、斑目まで行ってしまうとなると、果たして自分に理性的な態度が取れるのだろうかという疑問を抱かずにはいられない。

双葉が街を出ていく時ですら、あんなに泣いたのだ。ましてや、斑目は坂下にとって特別な人になってしまった。他の人たちと同じような気持ちで、送り出す自信がない。もちろん、会えなくなるわけではないとわかっている。現に双葉は定期的に葉書を送って近況を報告してくれるし、双葉の歩みを垣間《かいま》見るだけでも勇気が出る。

斑目が出ていっても、同じようにともに前に進めるかもしれない。

「わかってるんだって……」

この街に来たばかりの頃は、こんな自分じゃなかったはずだ。今よりも街のことを知らなかったし、信用もされていなかったが、一人で立っていたはずだ。

自分は、弱くなってしまったのか。斑目を好きになったことで、脆《もろ》くなってしまったのか。支えてくれる誰かが側《そば》にいないと、一人では立てない情けない男に成り下がってしまったのか——そんなことばかりが頭を巡ってしまう。

ひとたび抱いてしまった疑問は、坂下にある種の危機感を覚えさせた。

しばらく頬杖をついたままぼんやり考えていたが、人の気配を感じて顔を上げた。すると、診察室の出入口のドアのところに、腕組みをした斑目が立っている。

「よぉ、先生」

「い、いたんですか」

いったいいつから見ていたんだと、坂下は慌てて背筋を伸ばした。今さら取り繕っても遅いとわかっていても、そうせずにはいられない。

「ジジィがいなくなって、一人寂しく過ごしてんじゃねぇかと思ってな。ずっと騒がしかったし、急に静かになっていろんなこと考えてるんじゃねぇかと見に来たんだよ」

「いろんなことって……」

「『斑目さんのおっきなホームランバーが恋しい～』とかな」

「なんですかそれは」

ふざけた態度に、冷たい言い方で牽制《けんせい》するが、斑目は優しげな目をしたまま近づいてきて、先ほどまで患者が座っていた丸い椅子《いす》に腰を下ろした。少し伸びた前髪の間から覗く瞳に、心の奥を見透かされてしまいそうだ。

「なぁ、先生。何ぼんやりしてたんだ？」

「別に、ぼんやりなんてしてませんよ」

坂下は、ゴクリと唾《つば》を飲んだ。

言うなら今だ。

この会話の流れで切り出せばいい。久住から話を聞いたと、離島で再出発することを提案されたことは知っていると……。なんでもないことだと笑って送り出せばいいのだ。自分はいつでもここにいるから、旅立ってくれと言えばいい。

だが、言葉は出なかった。

「そういう顔もいいけどな。先生は元気なほうがいい」

「元気ですけど」

自分の嘘《うそ》が見破られていることくらい、わかっていた。それでも、嘘を突き通さなければ、言ってはいけないことを口にしそうだ。

「そうかぁ？　俺は『斑目さんが俺を抱きに来てくれないかな』っていう憂い顔に見えた

ぞ」

「またそうやって……」

立ち上がって二階に向かおうとしたが、腕を取られ、机のところに追いつめられる。

「仕事ばっかりしてねぇで、たまには息抜きしろ」

「してますよ」

「嘘つけ。四六時中街の連中のことばっかじゃねぇか。たまには先生の握ったおにぎり持って、二人で山登りってのはどうだ?」

「なんです。やっぱり……弁当持っていきたかったんじゃ……」

「違うよ」

手を取られ、股間に押しつけられた。すでに半勃《だ》ち状態になっていたそれは、坂下の手が触れたことにより完全な硬さになり、斑目は自分の武器を誇示するようにニヤリと笑う。

「俺のMt.富士《マウントフジ》も、先生の文化遺産に登録してくれって言ってるんだよ」

「な……、何が……っ、文化、遺産……ですか……。文化と一番かけ離れてるような人が……何言って……」

「なんなら、今から一緒に頂上目指してもいいんだぞ。腹の奥で、俺のマグマを感じてみるか?」

「……っ」

耳許でいやらしく囁《ささや》かれて、体温が一気に上がった。斑目のしゃがれ声は、坂下の奥に眠っているものを揺り起こしてしまう。

膝《ひざ》の間に膝を入れられ、逃げ場は完全に奪われた。太腿《ふともも》の内側を軽く刺激されただけで、斑目を受け入れた時の記憶を躰が蘇《よみがえ》らせて、欲しがり始める。中心のものは既に形を変えており、先端は涙を溢れさせていた。気づかれまいとするが、そんな態度が斑目をより喜ばせているようだ。

「な、先生」

ぞくぞくっと背中を甘い戦慄《せんりつ》が走った。全身に鳥肌が立ったようになり、心臓がうるさく跳ねる。机に両手を置き、その縁をぐっと摑《つか》んで膝が崩れそうになるのをなんとか堪《こら》えるが、白衣の中に伸びてきた手に、容赦なくスラックスのファスナーを下ろされ、下着の上から坂下の状態を確認された。

（あ……）

そこは……、と、身を捩《よじ》るが、確かめるように触れてくる斑目の表情を見ていると、従ってもいいという気持ちが芽生えてくる。

「なんだ、先生のも立派な活火山じゃねぇか。ここに熱い息吹を感じるよ」

相変わらずの物言いに、坂下は観念して目を閉じた。フェロモンを垂れ流しながら牙《きば》を剝く斑目を前に、どう逃げろというのだ。そんなことは不可能だ。

もう、捕まっている。その魅力に、完全に囚《とら》われてしまっている。

(斑目さん……)

首筋に顔を埋《うず》められると、坂下は素直に目を閉じた。


今は何も考えたくない。自分が何をすべきかなんて、考えたくない。

坂下は欲に溺《おぼ》れることで、目の前の問題から逃げようとしていた。そんなことをしてはいけないとわかっているが、感情は手に負えないほど揺れている。

「はぁ……」

腰に回された腕の強さに目眩《めまい》を起こしながら、広い背中にしがみついて求めた。

「斑目さん……」

自分から誘ったのだと思う。物欲しげな顔をして、斑目から触れるように自分から誘った。

こんな浅ましい男だっただろうかと思うが、それよりももっと浅ましいのは、自分の欲のために街に留まって欲しいと願ってしまうことだ。

斑目のためを思うなら、久住に言われた通りその背中を押してやるべきだ。卒業させてやるべきなのだ。それなのに、斑目を手放したくないという身勝手な思いが、坂下を迷わせている。

この街で、最期を迎えた人を何人も見てきた。最初は、坂下を慕ってくれたおっちゃんだった。路上で死んだ。まるで野良猫《のらねこ》のような姿で横たわっていた。

あの時、もう誰もあんな最期を迎えさせたくはないと思ったはずなのに……。

「うん……、んっ、……、……ぅん」

斑目の愛撫《あいぶ》に狂わされながら、無力な自分に涙した時のことを次々と思い出す。心の中はいろいろな感情でいっぱいになり、複雑に絡み合っていた。もう、自分の手ではほどけない。

「斑目さ……」

全部忘れたくて、自ら斑目を引き寄せてその唇を吸った。何度口づけても、足りなかった。

躰の底から、そして心の奥底から斑目を求めているのだとわかる。側にいる今でもこれほど欲してしまうというのに、離れてしまったらどうなるのだろうと思った。

こうして触れて、触れられて、躰を熱くしても足りないというのに、もし斑目が街を出ていったらと思うと、自分がちゃんと理性を保っていられるかわからず不安になる。

「斑目さ……」

「積極的だな、先生」

「はぁ……っ」

耳許で聞かされる欲情した声に全身が総毛立ったようになり、悦《よろこ》びに包まれた。

けれども、それはどこか哀《かな》しさを伴って坂下を呑み込もうとしている。求めるほどに、応《こた》えてもらうほどに、不安が胸に広がっていくのはなぜだろうか。

怖くてたまらない。

坂下は斑目と立ち位置を変えて診察台の前に立たせると、その前に跪《ひざまず》いた。そして、ズボンのファスナーを下ろして下着の中のものを取り出し、舌を這《は》わせる。

「おい、先生」

「ん……」

男らしく変化したそれを口に含み、喉の奥まで呑み込むようにして斑目を悦ばせることに集中した。尽くすことで、制御できない自分を宥《なだ》めようとしていたのかもしれない。

積極的な坂下の行動をどう取ったのだろう。大きな手がそっと頭に置かれ、髪を優しく梳《す》かれる。指が微《かす》かに皮膚に触れただけで、声をあげそうになるほど感じた。無骨な手は、さらに優しく頬を撫で、はしたなく斑目を咥え込む唇をいじる。

「うん……、……んっ」

坂下はゆっくりと視線を上げ、斑目と見つめ合った。こうして斑目に見下ろされながら口で奉仕する行為に、悦びを感じずにはいられない。

斑目が側にいるから、こうして奉仕できるのだ。側にいて、自分を好きでいてくれるから、こんな行為が許される。そして自分も、斑目だから許せる。

これほど特別に想える誰かと出会えたのだ。己の運命を不思議に思う。

「いい眺めだ」

まだ十分余裕を残している斑目を見ているともっと尽くしたくなり、立ち上がって診察台に上がるよう促した。そして、仰向けに寝かせてから、自分でスラックスと下着をずり下げて尻を出し、斑目を跨《また》ぐ。

隆々としたそれは、いつでもいいぞとばかりにしずくを滴らせていた。尻を上げ、そっとあてがってから腰を落としていく。

「う……っく、……っく!」

恐る恐るではあるが、なんとかくびれのところまで呑み込んだ。

「おい、大丈夫か? そんなに……いきなり……」

「いいんです。……いいから……っ」

求めずにはいられなくて、さらに腰を落としていく。

こうせずにはいられないのは、躰で斑目を繋《つな》ぎ止めておこうとでもいうのか、それともただ斑目を欲する気持ちが抑えられないだけなのか。

おそらくどちらもだ。

斑目を繋ぎ止めておきたい。そして、それと同じくらい斑目が欲しい。

「あ、あ、……っく、……はぁ……っ」

「無理しなくていい」

「無理じゃ……な、──ああ！」

ず……、と奥まで呑み込むと、あまりの衝撃に坂下は喘《あえ》ぐように息をした。欲望のままに繋がったが、躰はまだ十分に潤っていない。

「はぁっ！　あ……、……はぁ……っ、……ぁ……、……っく」

びくびくと後ろが痙攣《けいれん》し、斑目を締めつけた。ほぐし足りなかったのだろう。半ば無理やり繋がっただけに、嵩《かさ》のあるそれに苛《さいな》まれて息も絶え絶えに唇を震わせる。

動かないでくれ、と心の中で懇願するが、動かずとも坂下を苦しめるには十分の大きさを保っていた。自分から繋がったはいいが、これからどうすればいいのかわからない。

「きついな……」

「ま、待……っ」

身じろぎする斑目に思わず懇願し、唇を噛んだ。

熱くて、いっぱいで、これ以上何もできそうになかった。嵩のある斑目を咥え込んだまま、元に戻ろうとして、後ろが締まるのが自分でもわかる。視界が涙で揺れ、自分がどんな姿を晒しているのかと窓に視線をやると、斑目を喰っている自分の姿が映っている。

もう無理だと思った。自分から誘っておきながらギブアップなんて情けないが、これ以上何もできない。

「この角度から先生を見るのは、最高だよ」

「あ！」

中心を握られ、ゆっくりと上下に擦《こす》られる。肉体労働者特有の無骨な手は粗野だが、その愛撫は優しく、蕩《とろ》けそうだった。言葉にせずとも、坂下がどこをどうして欲しいかすべて知っているような手つきだ。

優しく、けれども意地悪で、躰の内側からジリジリと焼かれるような快感に身悶《みもだ》える。

「ぁ……、……待……っ」

「もう俺に任せろ」

下から熱い視線を注がれたまま、中心をいじられ、くびれをなぞられ、びくんと躰が跳ねた。

中心をやんわりと擦られているうちに自然と力が抜けていき、ただ苦しかった繋がりは別の色を纏《まと》い始めた。

疼《うず》くような感覚に堪え切れなくなり、坂下は急激に迫《せ》り上がってくるものに必死で抗《あらが》っていた。ここで粗相をしてはいけないと、下腹にぐっと力を籠《こ》める。

「いいぞ。先にイッちまえ」

「……っく、……そんな……、……駄目、です……」

「いいから、……このままじゃあ……苦しいだろうが」

「ぁ……っ、待……っ、……ぁあ、あ、——あ！」

促され、坂下は斑目の手の中に白濁を放っていた。ビクビクッと痙攣した瞬間、斑目の太さをより実感してしまい、声が漏れそうになって唇を噛む。

斑目に馬乗りになったまま呼吸を整えていると、斑目の手が後ろに伸びてきて零してしまったものを塗られた。

「あっ！」

尻を両手で摑まれ、左右に開かれる。そうかと思うと今度は中央に肉を集めるように揉《も》みほぐされ、さらにこねくり回される。

「あぁ……、斑目さ……、……駄目、……です、……駄目……、変に……」

「駄目じゃねぇだろうが。ここはもっと欲しいって言ってる」

すべてお見通しだとばかりの言葉に、耳を塞《ふさ》ぎたくなった。いったい自分はどうしてしまったのだろうというほど、斑目を咥え込んだ場所は淫《みだ》らに男を喰らっている。

「楽になってきただろう」

やっと斑目を呑み込んでいたような状態だったが、ひとたび愉悦の波に呑まれると男を喰い慣れたかのように、そこは卑猥《ひわい》に収縮する。尻を揉みほぐされるたびに、自分の躰が熟れていくのがわかった。

そして斑目の屹立《きつりつ》も、より雄々しく力を持ち、坂下を責める。

「この小さな尻で、俺を……根元まで、喰ってやがるんだからな……、そそるよ」

言わないでくれ……、と思うが、斑目がわざとあからさまな言葉で煽《あお》っていることくらい、わかっている。そして、自分がそれに乗せられて燃え上がってしまうことも……。

「——は！」

脇腹を撫でられ、そっとシャツをたくし上げられる。胸の飾りが露《あら》わになると、坂下を羞《しゅう》恥《ち》させようというのか、両手で突起をつままれた。その瞬間、またイきそうになった。辛うじて堪えるが、息も絶え絶えで、自分がどんな姿になっているのか構っている余裕もない。

斑目を見下ろすと、赤い舌先を覗かせて坂下の表情を見ていた。舌なめずりする斑目は、これ以上ないというほど男の色香を溢れさせている。

「いいぞ。いやらしい色になってやがる」

突起を指でつままれ、腰を反り返らせながらより深く斑目を喰らった。

メガネもシャツもまだ身につけたまま、けれども視覚的な刺激を十分に感じるあられもない姿に崩され、下からやんわりと突き上げられる狂おしさに、夢中になった。

奥に当たって、脳天まで突き抜けるような快感に我を失いそうになる。

「斑目さ……、ぁあっ、……ぁあっ！」

イタズラな指が自分の弱い部分をどんなふうに弄《もてあそ》んでいるのか確かめたくて、坂下は斑目の手に自分の手を重ね、指を絡ませた。ささくれのある少し荒れた指は、硬く尖《とが》った突起をやんわりとつまみ、押しつぶしてはその周りの柔らかい肉を刺激する。

「ぁあ、……斑目、さ……、……それ……、んぁ、んぁあ……、……ぁあ」

気持ちよくって、どうにかなりそうだった。下から突き上げられ、同時に弱い部分を責められて啜《すす》り泣く。

「う……っく」

「いいぞ、先生。先生の中は、天国より、いい」

ゆさ、ゆさ、とゆっくり揺すられると、繋がった部分が熱く蕩けた。まるで躰の奥に灼《しゃく》熱《ねっ》を抱えているように、熱く、このまま内側から焼かれ、溶けてしまいそうだ。

「熱い……、……はぁ……、あつい……」

坂下は、この行為に溺れていった。どんなにもがこうとも、一度その鎖に足を囚われるとずぶずぶと快楽の中に沈んでしまう。

腹の奥に抱えた斑目の熱さに身を焦がされ、踊り狂った。

「熱くて……、溶けそ……」

激しい目眩の中で、そう何度も繰り返す。

「んぁ……、……ぁ……、ひ……っく、……んぁ……、……ん」

斑目を手放したくないという身勝手な自分を恥じながらも、こうして求めずにはいられないジレンマの中でより大胆に乱れた。

「なぁ、先生……っ」

「ぁあっ、はぁ、……も……限界……です、……も……駄目……っ」

斑目が身を起こすと、その首に腕を回してしがみつく。張りつめたものが斑目の腹部に当たり、予想していなかった刺激に後ろがきつく締まった。

「あ！」

「こっちは、限界じゃねぇみたいだぞ」

「ぁあっ！」

額をつき合わせて　ねっとりと、互いの躰を探るような動きで奥を刺激される。視線を合わせたまま奥をやんわりと突かれ、斑目の言う通りだと痛感した。

躰はまだ欲しがっている。限界なのは、心のほうだ。

「んっ、ん……っく」

おかしくなりそうだった。斑目が欲しくて、こんなに深く繋がっているのに斑目がもっと欲しくて、自分の欲に押しつぶされそうだ。どうすれば、この渇望を満たすことができるのかわからない。

「斑目さ……、斑目さ……」

「先生、……今日の、先生は……、とびきり淫乱《いんらん》だな」

「あぁ、あ、そこ……、奥……、……奥が……っ」

「どうした、先生。何を……考えてる？」

「何も……っ、何も……っ」

頑なに首を横に振るが、そうしたほうが何か隠しているると白状しているようなものだ。

「言ってもいいんだぞ」

優しく囁かれ、心の奥から本音が溢れ出てくる。

行かないで。

行かないでくれ。

思わず口にしそうになるが、必死で堪えた。これだけは、絶対に口にしてはいけない。どんなことがあっても、漏らしてはいけない言葉だ。

「来て、来て……、斑目さ……、来て、くださ……、……もっと、来て……っ」

そんな言葉で本音を覆い隠し、より深いところに押し込んでしまう。

「いいぞ、もっと奥までいってやる」

「ぁ……ぅ……っ！」

「届いてるか？」

耳許で聞かれ、ぞくりとした坂下は躰を小刻みに震わせながら斑目に縋《すが》った。

「届いて、……ます、……っく、……届いて……、ぅん……っ、んっ、ぅんんっ」

繋がったまま口づけを交わし、さらに求める。

涙で視界が揺れていた。蕩けそうなほど、躰は熱くなっている。

肉体が悦びを覚えるほどに、斑目を送り出せない自分を恥じる坂下の心は、自責の念に囚われてしまっていた。


静まり返った部屋に、斑目の吐くタバコの煙が漂っていた。

二階の部屋に坂下を運んだ後、こうして畳の上に座ったままその寝顔を眺めている。

気を失うようにして眠りに落ちた坂下は、疲れがたまっているのか、今は死んだように昏々《こんこん》と眠り続けている。寝返りすら打たない。

まるで悪い魔女に毒でも盛られて、永遠の眠りについてしまったかのようだ。

そんなふうに考えてしまうことが自分らしくなくて苦笑いするが、このひたむきな男を見ていると、つい自分には似合わない表現をしたくなる。

労働者街で一人奮闘する坂下の純粋な心が、斑目にそんな思いを抱かせるのだろうか。

「ったく、いつも全力すぎなんだよ」

手を伸ばし、目にかかった前髪を指でそっとかき分ける。

坂下は、診療所に来る患者だけでなく、ホームレスの見回りなど一人でなんでも背負い込んでいる。力を抜くことをいまだ覚えられない真面目な医師は、いつもオーバーワーク気味で、自分のことなど二の次にして街の連中のために尽くしている。

きっと倒れるまで働き続けるだろう。

「俺以外の男に尽くすのを認めてるんだぞ。わかってんのか」

チラリと男の嫉妬《しっと》を覗かせるが、好きになった相手が悪いと苦笑いする。

側にいてやらなければ。

斑目は、そう強く思った。

いや、違う。

自分が側にいたいのだ。側にいて、支えてやりたい。それは坂下のためではなく、自分のためだ。自分がそうしたいだけだ。ただの我儘《わがまま》のようなもので、エゴだとも言える。

しばらくそうやって坂下を眺めていたが、ふとある可能性について考えた。

「まさか、あの話聞いたんじゃねぇだろうな」

切実に求めてくることはこれまでにもあったが、今日の坂下は違った。

思い返せば、このところ窓の外をぼんやり眺める坂下の姿を見る機会が増えたように思う。季節がら物思いに耽りたくなる時期ではあるが、それだけとも思えない。

今日も何か言おうとして、言葉を呑み込んだ。

もしかしたら、街を出ていったほうがいいと言おうとしたのではないか。双葉のように、この街から卒業して安定した人生を手にすべきだと、提案しようとしていたのではないか。

けれども、それを言葉にできなかったのではないか。

坂下を悩ませるのは不本意だが、迷っているのなら、正直嬉しい。

送り出せないのは、それだけ斑目を必要としているからだ。

「俺も同じだ。先生が必要なんだよ」

のたれ死んでもいいから、坂下が必要とする時に側にいてやりたい。坂下にしてみれば不本意かもしれないが、愛する者のためならどんな最期でもいいのだ。安泰な老後なんて望んではいない。

だから、今のままでいい。

「悪ぃな、ジジィ。やっぱり俺はそっちに行けそうにない」

そう呟《つぶや》き、昏々と眠る坂下の額に唇を押し当てた。


斑目を深く求めてしまった後ろめたさが、甘い疲労とともに坂下の躰にのしかかっていた。

考え事が多すぎてこのところ寝不足で、そのぶん昨日は眠りが深かったが、斑目と激しく求め合ったせいか完全に回復したとまでは言えない。しかも、まだ繋がっているような感覚が残っており、躰のあちこちには斑目の痕跡《こんせき》もある。辛うじて見えない部分ばかりだが、油断すると開襟シャツの襟元からそれが覗いてしまうものだから、気が抜けない。

（どうして俺はこう……）

ひとたびたががが外れると、大胆に求めてしまう自分を反省した。どんな顔をして斑目と会えばいいのかわからないが、今日こそ自分の言うべきことをちゃんと言うぞと心に強い決意を抱き、この街からの卒業について本気で話をする覚悟を決める。

「どうしたんだ、先生。俺のケガ、そんなに」

「あ、いえ。すみません、ぼんやりして。もうこれで大丈夫です。仕事にも復帰できますね」

「おう、やっとだよ。どうなることかと思ったけど、先生がツケにしてくれたおかげで治療できた」

指の骨折で治療を続けていた患者が、晴れて自由の身とばかりに右手をぶんぶん振ってみせた。利き手のケガだっただけに、仕事らしい仕事はできず、悶々《もんもん》とする日々を送っていたようだ。晴れ晴れした表情を見て、坂下も嬉しくなる。

「すぐに仕事再開して金払いに来るから。待ってもらったぶん利子つけて返すぜ！」

調子のいいことを言う男に、思わず破顔した。

「利子はいいですから、無理しないようにしてくださいね」

「おう。ありがとうな、先生」

男が元気に帰っていくと次の患者を呼んだが、どうやら午前中の患者はもう終わりらしく、入ってくる者はいなかった。

普通ならここでひと息つくところだが、待合室が何やら騒々しい。声の調子でわかるが、楽しく騒いでいるのではない。何かに対して怒っている。かと言って常連同士の喧嘩《けんか》でもなさそうだ。

(どうしたんだろ)

立ち上がり、待合室へと向かった。すると、数人が輪になって頭をつき合わせている。

「なんです、それ」

「お。先生」

常連たちが持っていたのは、週刊誌だった。袋とじ目当てで買ったようだが、話題は人気のグラビアアイドルの胸の谷間ではなく、色気も何もない別の記事だ。

「これ見てくれよ」

週刊誌を差し出され、手に取って開いたページに目を通した。坂下の眉間に深い皺が刻まれたのは、すぐのことだ。

「これ……」

「な、ひでぇだろ?」

『生活保護――その実態』というタイトルから、生活保護制度を悪用するケースについて取材がされているとわかる。『夢の絆』が起こした事件は、生活保護の不正受給の問題とともに注目されているが、こういった記事は初めてだ。

坂下たちは写真に写っていなかったが、美濃島やその仲間たちが運ばれ、連行される様子が写真に収められている。あの時のごたごたで気づかなかったが、集まったマスコミに随分《ずいぶん》と撮られていたようだ。

他にも、公園で寝泊まりするホームレスたちの段ボールハウスの写真があった。ホームレスたちによる公園占拠の問題は、これまでも何度か取り上げられている。今までは大目に見てもらってきたが、このまま問題が大きくなれば行政が撤去に向けて動かなければならなくなる事態も起こりうるだろう。

また、この街に集まる多くの人間が生活保護の受給者だと誤解されるような書き方もしてあった。美濃島にそそのかされて働けるのに受給申請した者がいたのも事実で、それが街の労働者たちの印象を大きく変えているのかもしれない。

はっきりと書かれていないだけに、読み手の思い込みによってどうとでも取れる記事だと言ってもいい。

しかも、記事は連載形式になっていて、今回の記事はすでに三回目だ。これからもこの特集記事は続くようで、どういう書かれ方をするのか、心配になってくる。

「そう言やよぉ。まだときどき見るんだよな。街の住人じゃねぇ奴。明らかに労働者じゃねぇ格好して歩いてるよ」

「この辺りをうろうろしてやがるよなぁ。こんな嘘八百書く野郎は、追い出してやりゃいいんだよ。ちょっと脅せば逃げるだろ」

物騒なことを言い出す連中に、坂下はすぐさま釘《くぎ》を刺した。

「駄目ですよ。トラブルなんか起こしたら、それこそ相手の思うつぼです」

「黙ってろってのか？」

「そうです。黙ってるんです。相手にしないことが一番なんですよ」

「でもよぉ」

「でもじゃない！」

厳しい口調で言うと、全員不満そうにしながらも黙りこくってから互いに顔を見合わせ、気まずそうな顔で反省の色を見せる。血気盛んで喧嘩っ早いところがあるが、素直な部分は彼らの長所だ。これで多少のブレーキにはなっただろう。

しかし、連中にはそう言ったものの、一方的な記事を書いたライターに対して坂下は男たち以上の怒りを覚えていた。

自分の知らないところで多くの人間がこの記事を読み、そして先入観を抱く。人の悪意というものが、知らない間にこの街へ向けられるのだ。誤解を解く機会すら与えられず、ただひたすら非難を受ける。

この記事はどう見ても偏った考えに基づいており、とても本気で不正受給などの日本が抱えている社会問題を問いかけているとは思えなかった。雑誌が売れればいいという利益主義の塊のような記事だ。

思い出したが、過激な見出しで若手政治家を批判したこともある週刊誌だ。週刊誌と記事にまつわる裁判はよく聞くが、ここの人間は弁護士を雇って裁判を起こすことなどできない。しかも、街全体のことを書かれている記事に対して、どう対処すればいいのか。

「しかし腹立つな。不正受給に手を貸してたのは、美濃島って野郎のいた団体だろ？　なんでこんな書かれ方しなきゃなんねぇんだ。それに俺らはちゃんと働いてる」

「そうですね。何も恥じることはしてないんです。堂々としてればいいんですよ」

男たちが自棄《やけ》にならないよう、坂下はそう念を押した。これ以上、街の人間が悪く書かれないためにも、自分が冷静でなければと心の中で言い聞かせる。

「もうこんな雑誌は読まない！　没収しますよ」

「お！　ちょっと待ってくれよ。俺の袋とじ！」

「じゃあ、そのいる部分だけ切り取って、あとはゴミ箱に捨てましょう。俺はちょっと出かけてきますから、留守番お願いしますね。どうせここで時間つぶすんでしょう？」

は～い、とだらけた返事を聞いた坂下は、回収できていない治療費を請求するために、身上書を持って診療所を出た。十分ほど歩き、街の中でもかなり安い部類に入る宿が並んでいる一画に入っていく。

「こんにちはー。坂下診療所の坂下です」

宿の主人はテレビを見ながらビールを飲み、スルメを齧《かじ》っていた。何度か来たことがあるため、坂下の顔は覚えているらしい。またか、という顔をしながらも、坂下の用件に黙って耳を傾ける。

「この人、今この宿にいると思うんですけど」

身上書に書いてある男について尋ねると、今は不在だという。

「いい仕事にありつけたって。二、三日戻ってこないよ」

「そうですか。伝言お願いできますか？　治療費の支払い期限が過ぎてるからって」

メモを渡すと、無言で受け取って机の隅に置く。頭を下げて帰ろうとすると、主人が見ているワイドショーの音声が聞こえてきて足を止めた。

偶然にも、生活保護の不正受給問題について話をしている。若いゲストコメンテーターが、専門家たちに交じって自分なりの意見を述べている。

『こんなふうに甘い蜜《みつ》を吸ってる人がいるのに、必要な人のところに必要な支援が届かないのが悔しいですね。私たちの税金はきちんと使って欲しいです』

『そうですよねぇ。こういったケースが一向になくならないってのは、行政にも問題があるということですからね』

『えー、ではこの制度をどう悪用したのか、もう一度確認しましょう』

アシスタントがテロップを出して不正受給のからくりを説明し始めると、坂下はこれ以上耳に入れまいと宿を出て歩き出した。複雑な気分だが、考えても仕方がないと気にしないことにする。

その時、どこからか咳《せ》き込むのが聞こえ、足を止めて周りを見渡した。すると、若い男が宿の出入口付近で背中を丸めている。

あの宿には、一度来たことがあった。『夢の絆』の施設に行った労働者を知っている男がいると聞いて、話を聞きに来たのだ。この辺りでも一番安い宿で、部屋は狭く、住環境はかなり悪い。窓の外はすぐに隣の建物の壁が見えるような環境だった。

「あ…」

見たことのある顔に、坂下は思わず声をあげた。

やはりそうだ。

生活保護を受けられるという誘いに乗って同室の人間が何人も『夢の絆』の施設に行ったのに、この宿に残った男だ。甘い汁を吸えるという誘惑には、乗らなかった。

あの時の台詞《せりふ》は、よく覚えている。

『俺は働ける。そこまで堕《お》ちちゃいねぇよ』

プライドを捨てずに、ギリギリまで自分の足で立つつもりなのだろう。もしかしたら、必要になっても国の世話になどならないと思っているかもしれない。

自由に生きてきた人間には、そういった考えを持つ者もいる。

「あの……」

坂下が声をかけて駆け寄ると、男は怪訝《けげん》そうな顔をしたが、白衣を見て思い出したようだ。

「覚えてますか？　前に『夢の絆』のことで、お話を伺った……」

「……ああ。あんたか」

男は軽く咳き込んでから再び宿の中に入っていこうとしたが、坂下はその腕を摑んだ。

「なんだよ？」

「具合悪そうですね。咳、まだ続いてるんですか？　あの時もずっと咳き込んでました」

「ああ、だからなんだ？　ただの胸焼けだよ」

「胸焼け？　胸焼けを起こしてるんですか？　よかったら、診療所に来ませんか？」

「そんな金ねぇ」

「特別診療という制度もあるんですよ。ある時払いでもいいですし、なるべく治療費がかからないように心がけてるので……」

坂下のしつこい誘いに、男はうんざりした顔をする。

「あんた、他人の心配してる余裕あんのか？　そんな薄汚ぇ白衣着て、飯だってろくなもん喰ってねぇんだろうが」

痛いところを突かれ、すぐに言葉は出なかった。慈善事業ではないのだ。ちゃんと利益を出さなければ、診療所はそのうち立ち行かなくなる。理想だけでは続かない。

わかっているが、目の前に体調の悪そうな人間がいるのだ。放っておけない。

「でも俺の体調はいいです。あなたの何倍もね」

「はっ、そうかよ……っ、――ゲホゲホゲホ……ッ」

今度はすぐに治まらず、坂下は背中をさすってやった。おくびを伴う咳が長く続いてから、ようやく治まった。どう見ても、体調不良による咳だ。埃《ほこり》などで一時的に出たものではない。

「大丈夫です？　胸焼けって言ってましたけど、吐き気はどうです？」

「余計なお世話だっつってんだろう」

「質問に答えるくらいいいでしょう！　この程度でお金なんか取りませんよ！」

思わず怒鳴ると、男は坂下の剣幕に押されたのか、しぶしぶ答える。

「ときどきな。酒の飲みすぎだろ」

「お酒とタバコの頻度はどうです？」

「まぁ、そういうのは我慢しねぇから。もういいだろう。休みたいんだ。勘弁してくれ」

男が辟易《へきえき》といった態度で力なく言うと、さすがにこれ以上喰い下がっても具合の悪い相手を苛立《いらだ》たせるだけだと、ここでやめておくことにする。

「すみません、お節介なことばかり言って。どうしても具合が悪い時は、診療所に来てくださいね。お大事に」

男が無言で宿の中に入っていくのを見届け、溜め息を漏らす。

もしかしたら、逆流性食道炎かもしれない。胃液が逆流して食道の粘膜がただれて炎症を起こす疾患で、原因はストレスや過食、アルコールやタバコだ。

すぐに命を落とすような病気ではないが、最近は患っている者も多く、よく話題にもなっている。放っておくと悪化して喉が胃酸でやられる。傷ついた食道の壁は、癖になって治りかけてもまた傷つき、いずれ腫瘍となるケースもあるのだ。そこから食道癌《がん》へと進行することもある。症状が軽いうちに薬で胃酸を抑え、生活習慣を見直さなければ、咳は続く。また、咳のせいで夜中に目を覚ますため、睡眠不足に陥る傾向もあり、仕事中の事故を引き起こす可能性も高まってくる。

軽い症状だからといって、侮ってはならない。

できるだけ早く治療すべきだが、頑なに心を閉ざしている男にどうやって診療所に来てもらえばいいのか……。

（またそのうち声かけてみよう）

どうしてこう自分は無力なのだろうと思いながら、とぼとぼ歩いて診療所に向かった。しばらくすると、ズックの踵《かかと》を踏みつぶしてだらしなく歩く背の高い男の姿が見える。

「よぅ、先生」

「斑目さん。仕事終わったんですか？」

「おう。今日もいい仕事にありつけたぞ」

並んで歩き出した斑目に尻をむぎゅっと摑まれ、容赦なくはたいてやる。

「痛ぇっ。そんなに邪険にすることねぇじゃねぇか」

「挨拶《あいさつ》代わりに男の尻を摑む人に、優しくするつもりはありません」

「どうした？　浮かない顔だな」

「斑目さんと違って、俺にはいろいろ考えることがあるんです」

心配してくれているとわかっていても、可愛げのない言い方をしてしまう。けれども、斑目は少しも気にしちゃいない。それどころか、冷たくされるのも愉しみの一つだと言わんばかりにニヤリと笑う。

「なぁ先生。考えてばっかりだと、そのうち禿《は》げるぞ。先生の毛根が弱って毛が細くなんねぇように、俺の男根と先生の男根を擦り合わせて立派に育てるってのはどうだ？」

肩に腕を回され、耳許でいやらしく囁かれる。相変わらず下品なことを言って喜んでいる斑目を見ていると悩んでいるのが馬鹿らしくなってきて、元気が出てくるから不思議だ。

「毛根と男根がどう関係してるんですか」

「それをこれから二人でじっくり検証していくんじゃねぇか」

「意味がわかりません！　そんな馬鹿なことばっかり言ってないでねぇ、もうちょっと真面目に自分の人生考えたらどうなんですか、まったく」

　文句を言う坂下に、斑目は悪びれもせずケラケラ笑っていた。


師走《しわす》の最初の日は、雨だった。

朝から断続的に降る雨に気温は一気に下がり、診療所に集まる連中の服装も真冬の装いとなった。分厚い雲で覆われた空に、近づいてくる冬の足音を感じる。日が落ちるのも早くなってきて、夜になってから気温がさらに下がっているようだ。

　こうも寒いと、温かい鍋が恋しくなる。

「先生ぇ〜、いるか〜？」

　窓の外から声がし、夕飯を食べようとしていた坂下は、並べた食事を放り出して外を覗いた。すると、傘を差した診療所の常連の男が、道路から二階を見上げている。

「どうしたんです？」

「飲んで帰るとこだったんだけどよぉ、ホームレスが道端で倒れてたんだよ〜。腹ぁ減って動けないみてぇでよ、とりあえず道路の隅に移動させて座らせといたが、雨も降ってるし、あのままほったらかして帰ったら先生に怒られると思ってな」

「わかりました。わざわざありがとうございます。すぐに行きますからちょっと待っててください」

坂下は食べようとしていた自分のご飯をラップに包んでおにぎりにし、おかずも一緒に放り込んだ。空いたペットボトルに急須の茶を入れてタオルにくるむと、階段を駆け下りて外に出る。

雨はそう強くはないが、外に出ると気温が随分下がっているのがわかった。傘を差していてもズックにしみ込んでくる雨のせいで、爪先《つまさき》が冷える。

「先生、あそこだ」

指差した方を見ると、ビニール傘を差した男がしゃがみ込んでホームレスに話しかけていた。透明なビニールの向こうに見える広い背中が、斑目のものだとすぐに気づく。

「来たか、先生」

「あ、斑目さんも来てくれてたんですか」

「この辺で飲んでたんだがな、人が倒れてるって聞いて出てきたんだよ」

「どんな感じです？」

「おそらく低体温症だな。この雨ん中、空き缶を集めてやがったらしい。レインコートがあちこち破れてるから、随分濡《ぬ》れてる」

手を握ると、かなり冷たくなっていた。

「診療所に運びましょう。大丈夫です？　意識はありますか？　これを抱いてください」

ホームレスがうっすら目を開けると、坂下は用意していたペットボトルを手渡して脇の下に入れさせた。

低体温症なら、食べ物よりまずは体温の回復だ。慌てて一気に体温を上げると、ショック状態を起こしてレスキュー・デスを引き起こす可能性があるため、細心の注意が必要になる。

「朝から飯も喰ってないらしい。飯取られたっつってる」

「取られた？」

「あんパン取り上げられて、中身をドブの中に捨てられたんだと。だから無理してこの雨ん中、空き缶集めやってたんだろうよ」

ドブに捨てたということは、ホームレス同士の飯の奪い合いなどではない。おそらく嫌がらせだろう。

空き缶などを集めて必死に作った金でようやくその日の食べるものを確保しているのに、面白半分にそんなことをするなんて、許せない。

「俺がおぶっていくから、先生傘差しといてくれ」

「わかりました。あ、案内ありがとうございました。あとは俺たちで……」

「おう。そんじゃあな」

男が宿のほうへ帰っていくと、濡れないよう傘を差し、斑目にホームレスを運んでもらって診療所へ急いだ。診療所に着くとすぐに濡れた服を着替えさせ、ゆっくりと体温を上昇させる。

「じゃあ、とりあえずお茶を飲みましょうか。それから、おにぎりを食べてください。慌てないで、少しずつね」

ホームレスは素直に食べ物を受け取った。噛み締めるように、ゆっくりとおにぎりを胃の中に収める。体温が戻って腹が満たされたからか、顔色もよくなってきた。

詳しく話を聞くと、あの事件の時に『夢の絆』の施設にいたのだという。一時的に入っていて生活保護を受けていたが、あの事件があって行き場をなくした。働ける年齢でもなく、老人はどう見ても受給の条件を満たしていたが、定住していなかったため、申請ができなかった。

「そうだったんですか」

坂下は、表情を曇らせた。

これはある意味、坂下たちが『夢の絆』の不正を暴いたことにより、住むところを失ったと言える。しかも、行政の対応はマニュアル通りで、『夢の絆』の施設を住所にしていた者たちは、その手続きに問題があったという理由で生活保護費をいったん打ち切られている。

「頼れるご家族はいないんですか?」

「うちに帰る」

「うちって、寒いでしょう？」

「おにぎり、ありがとう」

引き留めても頑なに差し伸べる手を受け入れようとせず、仕方なく雨がやむのを待ってから、斑目とともに公園まで送り届けた。

診療所へ戻りながら思うのは、自分のしたことは正しかったのかということだ。

確かに『夢の絆』の施設では、搾取されるばかりで自立の道は閉ざされたも同じだが、少なくとも雨風は凌《しの》げる。外で一人生活するより、マシだったのかもしれない。

だからこそ、搾取されているとわかっていながらもあの施設に多くの人間が集まったのだろう。

しかも、これからどんどん寒くなってくる。特に高齢のホームレスには、辛い季節がやってくる。あの事件で、住むところを再び失った。ああいった形で一度受給を打ち切られているとなると、もし住むところを見つけられたとして、再度生活保護費を申請した場合、その審査が厳しくなりはしないだろうかという疑問が湧《わ》く。

「先生、何考えてる？」

「あ、いえ。別に……」

斑目にじっと見つめられ、心を覗かれているような気分になった。いや、実際に見透かされていただろう。妙なことは考えるなとばかりの視線に、迷いはさらに深くなる。

「俺たちのしたことは間違っちゃいねぇぞ」

背中を軽く叩かれるが、とてもそんなふうに思えなかった。正義の名のもとに『夢の絆』の不正を暴いたが、現実には住むところを失ったホームレスが寒さに凍えている。

迷いを断ち切れないまま歩いていると、突然ガラスの割れる音がし、坂下は斑目と顔を見合わせた。

「なんだ今のは」

「診療所のほうです」

急いで戻ると、坂下は待合室のところで思わず立ち尽くした。誰のイタズラなのか、石が投げ込まれたらしく、窓ガラスが割れて散乱している。溜め息をつき、段ボール箱の中に放り込んであるスリッパを履いて中に入っていった。足元に拳《こぶし》大の大きさの石がいくつか落ちている。

「投石か」

「どうしてこんなこと……、——わっと……」

躓《つまず》いた拍子にスリッパが脱げ、足を置いた場所にちょうどガラス片が落ちていてまともに踏みつけてしまった。見ると、窓ガラスと一緒に瓶の欠片《かけら》も落ちている。おそらく、これも放り込まれたものだろう。

「痛ったぁ」

大きなガラスの破片が足に刺さっていた。血がみるみる溢れてきて、靴下が真っ赤に染まる。何をやってるんだ……、と間抜けな自分が情けなくなる。

「平気か、先生。思いきり踏みやがって」

「だって……」

「触るな。診察室に行くぞ」

肩を貸してもらい、左足だけで移動した。横抱きに抱えて運ばなかったのは、斑目の優しさかもしれない。

「ほら、そこに座れ。俺が診てやる」

いつもは坂下が座っている椅子に斑目が腰を下ろし、坂下は診察台に座った。斑目が医療用のハサミで靴下を切り、傷の深さを確認した。

「あーあ。ガラス替えるのに、いくらかかるだろ」

「金のことなんかいいだろうが」

「よくないですよ。ただでさえ金欠なんだから」

「ったく、ケガしても金の心配か」

「心配しますよ。ギリギリなんですから」

坂下がぶつぶつ言っている間も、斑目は真剣な目で傷の具合を診ている。

「こりゃ縫っといたほうがいいな。道具借りるぞ」

言うなり必要な道具を手早く揃え、手を消毒してさっそく傷の吻合《ふんごう》に取りかかった。

麻酔が効いたのを確認してからガラス片を抜き、手早く止血する。こういう仕種《しぐさ》にも、斑目が医師であることを痛感させられた。神の手は、相変わらず見惚《みと》れるほどの速さで、坂下の傷なんてあっという間に塞いでくれる。まるで毎日何人もの患者を相手にしているようだ。ブランクなんて、まったく感じない。

これが、天性の才能というやつだ。努力ではどうにもならないものを斑目は持っている。

（やっぱり、すごいな……）

きつめに包帯を巻いて治療を終えると、坂下の視線に気づいた斑目が困ったような顔で苦笑いする。

「どうした？　そんなに熱っぽい目ぇしやがって。誘ってんのか？」

「あ、いえ……別に……、そんなに、見たつもりは……」

からかわれ、しどろもどろに返事をする。斑目の手つきが神憑《かみがか》っているとはいえ、いくらなんでも見すぎだ。恥ずかしくなり、頬が熱くなるのを感じながら床に視線を落とす。

「座ってろ。警察に被害届出すぞ。犯人は見つかんねぇだろうが、被害があったことを記録に残しておいたほうがいい」

斑目はそう言って、診察室の電話から警察に通報した。受話器を置いて再び戻ってくると、

診察台に腰を下ろして包帯の巻かれた足をじっと眺める。

何を言われるのだろうと身構えている坂下に、斑目はポツリと言った。

「嫌な予感がするな」

「え……」

険しい表情に、心臓が小さく跳ねる。

「このところ立て続けだろうが。ホームレスは襲われるわ、診療所に石投げ込まれるわ、初めてじゃないっつっても続きすぎだ」

「美濃島さんの事件の影響ってことですか？」

「ああ。一部のマスコミに目ぇつけられてる。叩く要素があれば、徹底的にやられるぞ」

その言葉に、坂下は危機感を抱かずにはいられなかった。

探られて困ることは、いくつかある。

一番まずいのは、この診療所を始めた頃にヤクザの治療をしたことだ。警察に通報すべきケガだったが、金を握らされて黙った。患者も少なく、月々の支払いを滞らせるわけにはいかなくて二度ほどやったのだ。だが、仕方がなかったなんて言い訳は通用しない。

他にもある。斑目の弟の克幸《かつゆき》が起こした事件は覚醒剤《かくせいざい》が絡んでいて、既に街を卒業した小《お》川《がわ》や一部の街の労働者が手を出していた。

覚醒剤中毒の患者が病院に運び込まれてきた時、医師は法律に基づいてその旨を自治体に報告しなければならない。それは、医師としての義務だ。医師として中毒患者を治療したわけでもないが、書きようによってはこのことは坂下を陥れるにはもってこいのネタと言っていい。

きれい事だけでは診療所を続けられないなんて、世間には通じないだろう。ヤクザを治療し、通報すべき義務を怠るという闇《やみ》医者のような真似をした坂下は、世間の目には同じヤクザな商売をしていると映っていても反論できない。

「心配すんな。俺がついてる」

「斑目さん」

不安そうな顔をしていたのか、噛み締めるように言った斑目の言葉に胸が締めつけられる思いがした。

俺がついてる。

その言葉は心強かった。斑目の言葉を思わず心の中で反芻《はんすう》し、少しだけ落ち着きを取り戻す。しかし、同時に別の焦りが坂下を苦しめていた。

このままでは、斑目を手放せなくなりそうだ。自分のエゴのために、斑目をこの街に引き留めてしまいたくなる。

(そんなのは駄目だ)

弱い自分にそう言い聞かせるが、ずっと手を貸してくれた存在だ。双葉が卒業した今、踏ん切りをつけるのは容易なことではない。

それからしばらくして、警察官が到着した。斑目も言っていたように、おそらく犯人は捕まらないだろう。防犯カメラが設置してあるような場所ではないし、診療所の常連たちはまだしも、この街の労働者やホームレスには目撃していたとしても、関《かか》わりたくないという者のほうが多い。犯人が前科持ちで、現場に指紋でも残っていれば話は別だが、そんな都合のいいことは起きないだろう。

坂下が思っていた通り、犯人が見つかる様子はなく、しかも投石被害はそれでは終わらなかった。翌々日に再び石が投げ込まれ、さらに五日後、坂下のいない時を狙《ねら》って石が投げ込まれる被害が続いた。


「インターネットの掲示板？」

坂下がその話を聞いたのは、斑目に誘われて久し振りに角打《かくう》ちに飲みに行った時のことだった。十二月も中旬に入って世間はクリスマス一色だが、労働者街は相変わらずむさ苦しいばかりで、世間が浮かれるイベントとは無関係だ。坂下も例外でなく、焼酎《しょうちゅう》のお湯割りをちびちび飲みながら、かぼちゃの煮つけを口に放り込んでいる。

「診療所の写真もアップされてたぞ。暇な奴もいるもんだ」

「そうだったんですか」

「ああ。あれだけテレビで騒げば、注目されるだろうな」

なぜ、坂下の診療所がこうも立て続けに投石被害に遭《あ》ったのかようやくわかり、気が重くなった。斑目の話によると、『夢の絆』同様、生活保護費の不正受給を斡旋《あっせん》しているなんてデタラメなことがまことしやかに囁かれているという。坂下の診療所への投石も、こういった情報を見た人間の仕業だという可能性が大きい。正義感に駆られて過激な行動を取る者もいれば、便乗して自分の憂さ晴らしに利用した者もいるだろう。

思い込みで書かれた悪意はさらなる悪意を呼び、正義の名のもとに、街に集まる連中に制裁を加えようなどという人間が出てくる。

その情報が本当だと信じている者にとっては、坂下は税金を騙《だま》し取る悪党の一人で、診療所に集まる街の人間は不正な手段で利益を得て生活している怠け者だ。

「前からいろいろ言われてましたけど、今回は今まで以上に深刻なことになりそうな気がします」

「なんかあったか？」

「実はこの前、ある宿に用事があって行ったんですよ。そしたらワイドショーで生活保護費の不正受給についてやってて。たまたま目にしたと思ってたんですけど、頻繁にやってるから滅多にテレビを見ない俺の目にも留まったのかもしれません」

「だろうな。俺も飯喰いに行った先で何度か見たぞ」

坂下が見たのも偶然ではなく必然的なことだったのだと思い、溜め息が出る。

「気が重いな」

味のしみたおでんの大根に箸《はし》を入れ、四つに割った。さらに卵を二つに割ってダシを黄身にたっぷりしみ込ませてふた口で平らげる。

「それにしては食欲あるじゃねぇか」

「今日はお昼食べ損なったんです。食べないと、考え方がネガティブになりますから」

そう言って厚揚げを追加した。あつあつのそれが出てくると、それもあっという間に腹に収める。

「あー、美味《おい》しかった」

夕飯がてら食べに来たが、酒も入っていい気晴らしになった。斑目から聞かされた話は街にとっていいものではなかったが、だからこそ英気を養わねばと思う。

「ごちそうさま〜。斑目さん、どうします？　俺はそろそろ出ますけど」

「ああ、俺も明日仕事があるからこの辺にしとくよ」

斑目とともに店を出ると、すっかり寒くなった街を二人で歩いた。鼻の先が冷たくなるほど、空気はキンと冷えている。

「ところで、足大丈夫か？」

「ええ。随分痛みも引きましたし、そろそろ抜糸してもいい頃かなって」

縫ってしばらくは右足を庇《かば》いながら歩いていたが、斑目の適切な治療のおかげか治りは早かった。自分で治療しにくい部分だけに、その存在をありがたく思う。そして同時に、再び坂下をずっと悩ませていることを思い出した。

久住との約束を……。

いい加減、言わなければと思う。いつまでも心地好いぬるま湯に浸《つ》かっていたら、抜け出せなくなる。

「あの、斑目さん。実は俺、ずっと思ってたんですけど……」

「なんだ？」

斑目と目が合うと、なぜか言葉が出なかった。男らしい口許に浮かべられた笑みに見惚れ、言うべき台詞はどこかへ消えてしまう。

坂下が言いかけたまま何も言葉を発しないからか、斑目は拳と拳を顔の前で合わせると、可愛い子ぶって坂下の声真似をした。

「『今日はとっても寒いから、斑目さんのおっきなキノコと晴紀《はるき》の普通のキノコでキノコ鍋したいなっ♪』」

全然似ていないが、あまりに馬鹿馬鹿しくて、坂下は歩調を速めた。

「誰もそんなことは言ってません！」

「おい、ちょっと待ってくれよ。そんなに恥ずかしがることねぇじゃねぇか」

「これが恥ずかしがってるように見えますか？　呆《あき》れてるんですよ！　それに、今日は行くところがあるんです。斑目さんのくだらない下ネタにつき合ってる暇はないんです」

「どこだ？　おじさんに教えてみろ」

追いついてきた斑目に肩を抱かれて囁かれ、坂下は立ち止まった。本当はあまり言いたくはないが、隠しても仕方がないと素直に白状する。

「未回収の診察代を請求しに行こうと思って」

「なんだ。金払ってねぇ奴がいんのか？」

今度は坂下が呆れた顔をされ、予想通りの反応に皆まで言うなと再び歩き出した。

言われなくてもわかっている。慈善事業ではないのだ。利益を出さなければ続かない。生《なま》温《ぬる》いことをやっていては、いつか破綻してしまうだろう。

理想ばかりの甘ちゃんなのは、この街に来た頃から変わっていない。

「期限過ぎてもそのうち払ってくれるんで、集金することって今までほとんどなかったんですけど、最近ガラスを入れ替えたりして立て続けに出費が重なったんですよ。だから早めに身上書をチェックして、対処してるんです」

坂下は、持ってきた身上書をポケットから出して開いた。身を寄せている宿の名前や、次の収入予定などが書かれてある。

「回収できればいいんですよ、回収できれば！　あ、あそこだ」

主人は不在で、部屋を覗いたが、男の姿は見当たらなかった。ベッドは三つで、同室の住人は一人いたがぐっすり寝ている。仕方なく、踵《きびす》を返して宿を後にした。

「ちょっと遅かったかな。また明日来てみよう」

「先生も大変だな。なんて男だ？　取り立てなら先生みてぇな優男じゃなくて、俺みたいなのが効果的だぞ。支払い期限過ぎたらトサンくらいの利子つけて払わせてやる。そうすりゃ少しは診療所の経営も楽になるんじゃねぇか？」

「斑目さんが言うと冗談に聞こえません」

本当にヤクザまがいの取り立てを決行しそうで、あからさまに嫌そうな顔をしてみせる。しかしすぐには診療所に戻らず、別の宿に向かった。

「どうした？　まだあんのか？」

「ええ、ちょっと」

坂下の目的は、この前の男が泊まっている宿だった。斜め前の建物を覗くと、宿の主人は不在で中は真っ暗だ。二階の廊下の電気はついているようで、うっすらと光が漏れている。

中へ入っていき、二階を見上げた。人の気配はしているため、坂下は階段を上っていった。前に来た時も思ったが、かなり住環境は悪い。天井の雨漏り跡や、饐《す》えた匂《にお》い。そしてカビ臭さが漂っている。一度来たことのある部屋の前まで来ると、斑目も坂下の目的がおおかたわかったようで、黙ってついてくる。

部屋の中には数人の男がいた。ベッドが六つ並べてあり、それぞれ自由にしているが、プライバシーなどないに等しい。奥のベッドにいた男が坂下に気づいて、寝返りを打って背中を向けた。

「あの……こんばんは」

「またあんたか」

「ええ、また俺です。ちょうどこの近くに来たもんで……。その後、調子はどうですか？」

男は答えなかった。背中を丸めたまま、身動きすらしない。

「よかったら、名前を教えてもらえませんか？」

「知らねぇな」

「けち。教えてくれたっていいじゃないですか。けちけちけち、けーち！」

あまりに邪険にされた坂下は、酔いも手伝い、両手を口の横に添えて小声で子供のように挑発した。すると、隣のベッドの男が不機嫌そうに言う。

「何ごちゃごちゃしゃべってんだよ。うるせぇぞ」

「あ。すみません、うるさくして。でもその人がけちだから……。だって名前すら教えてくれないんですよ？　ねぇ、減るモンじゃないしけちだと思いませんか？」

坂下が当てつけに隣のベッドの住人に訴え始めたからか、男はうんざりといった顔で振り返り、面倒臭そうに呟いた。

「高橋《たかはし》だよ」

ようやく教えてくれたと、少し嬉しくなる。強引な聞き出し方だったが、名前を教えてもらっただけで、ほんのちょっとだけ近づけた気になった。この街に来る男たちの中には、名前すら明かそうとしない人間も多いからだろう。

「ねぇ、高橋さん。その咳《せき》、ちょっと気になるんですよね。少しでいいから診療所に来ませんか？」

「余計なお世話だよ」

「他人《ひと》様の好意は素直に受けるもんだぞ」

斑目が横から言うと、高橋と名乗った男は唇を歪《ゆが》めて嗤《わら》う。

「あんたも来たのか。相変わらず妙なことに口出す二人だな」

その口調から、診療所に来るつもりなどまったくなさそうだが、名前を教えてくれただけでもいいかと、今日のところは諦めて帰ることにする。

「坂下診療所ってところですからね。ここからそんなに遠くはないので、本当に辛くなったら来てくださいね。それじゃあ」

そう言い残して宿を出ると、斑目が恨めしげな視線を注いでいるのがわかった。何を言われるかおおかたのところわかっていたため、敢《あ》えて知らん顔をする。

「この浮気者」

「浮気者って……」

「わざわざ金回収に来たのは、高橋って野郎に会いたかったからだろう。ついでは回収のほうだったな」

図星だった。

今月は厳しかったからというのも理由だが、あの男のことが気になったのだ。もちろん、変な意味ではない。高橋のことは『夢の絆』の一件で知ったが、どんなに酷い環境でも、働けるうちは自分でなんとかするという姿勢を貫いている。診療所に集まる常連たちもそうだが、高橋は同室の人間がこぞって楽なほうに逃げる中、その誘惑に負けなかった。

その強さが頼もしく、そして嬉しいのかもしれない。

だからこそ、無理をしないで欲しい。

「先生が他の男にご執心だったなんて、迂闊《うかつ》だったな。安心してるとすぐこれだ。この尻軽め。他の男に目が行かねぇように、俺がちゃんと見ててやんねぇとな」

「なんですかそれは……。人聞きの悪い」

相変わらずのふざけた発言に冷たく言うと、斑目は愉しげに口許を緩めた。しかし、すぐに真面目な顔で言う。

「しかし、あの咳はよくねぇな」

「やっぱりそう思います？　俺は逆流性食道炎を疑ってるんですけど」

斑目は目を合わせただけだったが、否定しないところを見ると斑目の見立ても同じらしい。ちゃんと診察をしないとわからないが、あの咳の仕方は単にタバコの吸いすぎではないことくらいわかる。しかも、少なくとも美濃島の事件のあった頃からで長く続いていることからも、疾患によるものだと判断していいだろう。

「タバコ吸って酒飲んで、不摂生が祟《たた》ればそうなるだろうよ」

「ですよね。せめてもう少し生活習慣を見直すように……、……えっと、なんです？」

じっと見られていることに気づいて、坂下は戸惑い気味に斑目を見上げた。

「先生が他の男のことで頭ん中いっぱいにしてるから、嫉妬してるんだよ」

「あの……ちょっと……」

腕を取られ、宿と宿の間の路地に連れ込まれる。辺りは寝静まっているようだが、窓を開ければ坂下たちの姿は確認できるだろう。いつ誰に見られるとも知れぬ場所で、こんなふうに男同士でこそこそしているのが恥ずかしくて逃げようとするが、壁際に追いつめられていとも簡単に阻止された。

「ここではしねぇよ。ちょっと触るだけだ」

「ちょっと触るって……っ」

斑目の手が、坂下の脇腹から腰へと這わされる。抱き寄せられ、顎《あご》に手をかけられて上を向かされた。

「本当はここで襲っちまいたいくらいだ」

周りは簡易宿泊所ばかりで、色気などとは無縁の景色だが、こういった場所だからこそ、より秘めた行為に感じるのかもしれない。近くには誰もいないのに、斑目の色香に鼓動が速くなってくると、それを誰かに聞かれはしまいかと思ってしまうのだ。

「俺だけを見てて欲しいんだがな、この目は、すぐに他の男に向いちまう」

「斑目さん……」

「わかってるよ。好きになった相手が悪い」

苦笑いする斑目は、恐ろしく魅力的だった。これほどの男を自分が翻弄《ほんろう》しているのかと思うと、不思議な気がする。

「たまにはゆっくり寝ろ。先生が無理しすぎで倒れねぇかって、心配してるんだ」

「わ、わかってます」

「それならいい」

「ん……」

唇を軽く重ねられ、斑目の手が離れていった。触れるだけのキスに満足しなかったのはむしろ坂下のほうで、名残《なごり》惜しさのあまり、物欲しげな視線で斑目の唇を眺めてしまう。

「明日早いんだ。今日はこれで帰るよ。じゃあな」

「お休みなさい」

斑目が路地を通り抜けて自分の宿のほうへ歩き出すと、坂下はその背中を少しだけ見送ってから足を踏み出した。診療所に向かいながら思うのは、自分の不甲斐《ふがい》なさだ。

(駄目だな、俺は)

結局、また先延ばしにしてしまった。久住に言われたことを、実行しなければならないのに、できなかった。一度は言おうとしたが、言い淀《よど》んだ隙《すき》に斑目がくだらないことを言ったため、切り出すタイミングを失った。

けれども、言えたはずだ。言えなかったのではなく、言わなかった。

「もう……」

顔をしかめ、片手で頭をがしがしと乱暴に掻《か》く。こんな自分が腹立たしく、明日こそはと心に決めた。

明日こそは、ちゃんと斑目の将来のために言うべきことを言うのだと。

そして、診療所に着いた坂下は、出入口のドアが半開きになっているのに気づいた。鍵《かぎ》が壊されている。

(え……)

中に入ると、水が滴る音がしていた。急いで診察室に駆け込もうとして、足元が濡れていることに気づいた。水は階段の上から流れ落ちており、急いで二階に駆け上がる。

（嘘……）

部屋を見て、頭が真っ白になった。

「なんだ、これ……」

台所の水道が出しっぱなしにしてあり、シンクから水が溢れていた。よく見ると、排水溝のところにビニールが詰め込まれている。さらに、風呂《ふろ》場のドアからシャワーヘッドが覗いていて、水はそこからも溢れ出ていた。蛇口を全開にしているようで、かなりの勢いで漏れている。

水は階段へと流れ落ちたため、畳のほうは濡れていないが、イタズラでは済まないレベルだ。慌てて蛇口を閉め、急いで一階に駆け下りて診察室を覗くと診察室の天井からも水は漏れていて、そこらじゅうが濡れている。

診察台もパーティションも戸棚の中に入れてある包帯類も、全部水浸しだ。

すぐに警察を呼んだが、犯人が捕まるとは思っていなかった。投石に関してもいまだなんの情報もないのだ。そこまで楽観的になれない。

さすがに気の毒に思ったのか、警察の対応は丁寧だった。被害届を出し、現場には捜査官が入って検証を始める。

一連の手続きと捜査が終わると、坂下は無残な状態となった診察室を出入口のところから見渡して力なくしゃがみ込んだ。

濡れた機材は、使いものにならないだろう。少なくとも修理が必要だ。明日朝一番、メーカーに電話を入れなければならない。保険をかけてあるため坂下に修理代の支払い請求が来ることはないが、備品に関してはそういうわけにはいかない。

「はぁ……、出費がかさむ」

この事態に精神的なストレスがかかったのか、腹腔に軽い痛みを覚えた。手でゆっくりとさすって深呼吸するが、すぐには消えない。

「いたたた……」

顔をしかめ、しばらく堪えているとようやく落ち着いてきて、坂下は息をついた。けれども顔を上げて目に飛び込んでくるのは、無残な状態になった診察室だ。

こうして見ていても状況は変わらないと、重い足を引きずるように二階に上っていった。

診療所が水浸しにされた事件は、すぐに街じゅうの噂《うわさ》になった。常連たちは声を揃えて怒り、片づけの手伝いをしてくれたが、街の小さな診療所が心ない者の手により滅茶苦茶にされた事件はほとんど報道されなかった。

不正なことに手を貸している疑惑は世間の関心を集めるが、理不尽な制裁を受けた話になど見向きもしない。

坂下は、訪れる患者の治療をしながら片づけに追われた。濡れた診察台など外に出して乾かし、洗濯できるものは洗濯して使えるものはそのまま使う。しばらくの間は待合室の破れた長椅子が診察台の代わりだったが、それでもなんとかなるものだ。なければないで代用品を使って凌ぐ。

ただ、これで終わりではないというのは、なんとなくわかっていた。斑目も、これで終わればいいがと、まだこの先何かが起こることを予感させることを口にする。

そしてその言葉通り、『何か』は、坂下が予想しない形で訪れることとなった。

「え、それはどういうことです？」

夜七時を過ぎる頃、一日の仕事を終えた坂下は疲れているあまり一人診察室で惚《ほう》けていたが、かかってきた電話に頰を平手打ちされた気分だった。

受話器をグッと握り締めて焦る気持ちをなんとか抑え、努めて冷静な態度で聞き直す。

「よく聞き取れなくて……もう一度お願いします」

『申し訳ありません。それが契約更新は難しいとの判断でして……』

電話の相手は、医療機器メーカーの営業だ。診療所に入れているエコーなどの高額な医療機器のリース契約を結んでいる。一年毎の更新にしており、そろそろ次の契約に入るところだったが、今回それを見送りたいと言ってきたのだ。

「ちょっと待ってください。だからその理由を……っ」

『お役に立てなくて申し訳ありません』

「どうしてそんな……、あんなことがあったからですか？」

『えっと……それが……』

言い淀むのは、坂下の言っていることがおおむね当たっているからだろう。

マスコミにも騒がれ、インターネット上でもいろいろと書き立てられ、これだけ悪い噂を立てられているのだ。そういった診療所に高額の医療機器を入れるのは危険だと判断するのも納得できる。

もちろん、噂が直接の原因ではないだろう。だが、これだけ派手に診療所を荒らされて機材を滅茶苦茶にされたのだ。これから同じようなことが起きない保証はない。沈静化するまでは、様子見したいというのもわかる。

「どうしても無理ですか？　いきなり契約の更新ができないと言われても困るんです。直接おたくに伺いますから、もう一度考え直してもらえませんか？」

『え……っと、正直なところを申しますと、問題を抱えた診療所に高額の機材をリースするのは、こちらもリスクが大きいんです。今回の前にも投石被害が何度もあったとか。せめてそちらの問題が解決するまでは、一時的に契約更新を見送らせていただきたいと……』

はっきり言葉にされ、考える余地はないのだと思い知らされた坂下は、諦めの境地になった。

もともと無理を言って安くしてもらっているのだ。月々の支払いを滞らせまいとしていたが、何度か残高不足になったことはある。もちろん、すぐに連絡して支払いを済ませたが、これまでも面倒な顧客としてブラックリストに載っていたかもしれない。

それが、今回のことが決定打となった。

「わかりました。ご迷惑をおかけしてすみませんでした」

『いえ、お役に立てなくて本当に申し訳ありません』

電話を切ると、坂下は頭を抱えた。

せめて、犯人が捕まっていれば少しは違っただろう。リース機材の契約更新を見送られるなんて、八方塞がりだ。どうにもならない。どうしてこんなことになるのだろうと思った。何も悪いことはしていない。ただ、困っている人のために役に立てる医師になりたいだけだ。

「どうしてこんなことに……」

無責任な記事を書いて世間を誤解させ、この事態を招いたライターが憎かった。全部の責任があるとまでは言わないが、あの記事が大きな影響を与えたのは間違いない。

誤解を招く記事を載せた出版社相手に訴訟を起こそうと思っても、弁護士を雇う余裕はない。しかも、もしそれができたとしても出版社はこういった訴訟に慣れているだろう。素直に謝罪記事を載せてくれるとは思えない。

しばらく微動だにせず頭を抱えていたが、坂下は思い出したように、机の引き出しから預金通帳を取り出して開いた。残高は、このところどんどん目減りしている。

立て続けに窓ガラスを割られたために修繕費に随分かかったからだ。二階に侵入されて中を滅茶苦茶にされたのも、大きな損失だった。包帯などの備品はほとんど使えず、坂下が普段使う生活用品も駄目になった。

けれども、嘆いてばかりもいられない。

せめて未回収の治療費だけは集めようと、坂下は気を取り直して診療所を出て宿に向かった。一度回収に出向いた時は不在だったが、伝言を頼んでおいたのだ。きっと覚えているだろうと思い、うっかりしていたと頭を掻いて謝る男の姿を想像しながら歩く。

けれども、坂下の期待に反して宿の主人の返事はよくないものだった。

「ああ。もう出ていったよ」

「え？　出ていった？」

「あんたが集金しに来たことは伝えたよ。払いに行くって言ってたが、嘘だったのか。いい仕事にありつけてたっぷり稼いだって言ってたが」

一瞬、言葉が見つからなかった。期待していただけに、失望が大きくのしかかってくる。

信じられないが、宿の主人の憐《あわ》れむような目を見て、それが事実なのだとなんとか現実を受け入れることができた。

「そうでしたか」

「まぁ、いい加減な奴も多い街だから……。また来たら、あんたが金払って欲しいって言ってるって伝えるよ」

普段はあまり愛想はよくないが、さすがに気の毒に思ったようだ。坂下の力ない声に、宿の主人は同情の眼差しを向けてきた。

男がどこに行ったのか、おそらくわからないだろう。すでに街を出てしまっているかもしれない。金がなくなればまた舞い戻ってくることもあるだろうが、一度逃げた人間が自発的に支払いに来る可能性は極めて低い。

「じゃあ、ここに来たらそう伝言をお願いします」

頭を下げ、宿を出て足取り重く診療所へ帰る。

これまでも、診察代を踏み倒されたことはあった。定住していないだけに、逃げようと思えば簡単に逃げられるのだ。心が弱い者たちは、治療を終えた直後は感謝の言葉を口にしても時間が経つと忘れてしまう。そして、後になって支払うべきものより先に、酒やタバコに替えてしまうのだ。

わかっていた。

わかっていて、このやり方を続けてきた。

裏切られたという気持ちがここまで強く坂下を打ちのめしたのは、このところ続いたトラブルも影響しているだろう。普段なら、ここまで落ち込んだりしない。

診療所に戻った坂下は、しばらく待合室の椅子に座って項垂《うなだ》れていた。後ろ向きになるなと自分に言い聞かせながら突き進んできたが、さすがにこう立て続けに努力を踏みにじられるような目に遭えば、世の中を恨む気持ちにもなってしまう。

築き上げてきたものを、目の前で踏みつけられるのと同じだ。

どのくらいそうしていただろうか。物音に気づいて、坂下は顔を上げた。出入口の磨《す》りガラスの向こうに一瞬人影を見て、すぐに立ち上がる。

(なんだ……?)

また誰かが診療所に投石などの嫌がらせをしに来たのではないかと思った。もし犯人なら、絶対に捕まえなければならない。捕まえられれば、リース契約の更新をしてもらえる可能性も出てくる。

しかしそう思った瞬間、咳き込むのが聞こえてきて、誰なのかすぐにわかった。勢いよく飛び出すと、塀のところから男の肩が覗いている。また咳が聞こえてきて、坂下はすぐに駆け寄って声をかけた。

「こんばんは。やっと来てくれたんですね」

高橋は、坂下と目が合うと気まずそうな顔をした。来てみたはいいが、何度声をかけても邪険な態度を取ってきたのだ。今さら素直に具合が悪いなどとは言えないのだろう。

それでも、来てくれた。それだけでもいい。

「ちょっとこの辺通っただけだ」

「そうですか。でもせっかく近くを通ったんだから、ちょっとくらい寄ってくれてもいいんじゃないですか？　ついでだから、体調のことも聞きたいし」

嬉しかった。散々なことばかりだが、高橋が来てくれたことだけが救いだ。自分の声が届いたのだ。診察代を踏み倒されることもあるが、こういった喜びもある。だから、診療所を続けてきた。

「どうぞ。入ってください」

言いながら中に促そうとしたが、高橋がしきりに道路の向こう側を気にしている。

そちらに目をやると、見覚えのない車が停《と》まっていた。運転席のところで、小さな赤いランプのようなものが光っているのがわかる。いや、ランプではない。タバコの火種だ。中に人がいるのだ。

こんなところでいったい何をしているのだろうと思っていると、中にいた人物がカメラを構えているのが見え、坂下は急いで車に駆け寄った。エンジンをかけたため、自分たちを撮ろうとしていたと確信すると、ドアを開けて抗議する。

「どなたです？　なんですか？　勝手に写真なんて……プライバシーの侵害ですよ」

「あんたこそ、人の車の中覗いて、どういうつもりだ？」

見つかって慌てるどころか、男はエンジンを止め、開き直った様子で車の中から出てくると不遜《ふそん》な態度で坂下を見下ろした。

背は坂下と同じくらいで、無精髭《ぶしょうひげ》を生やしている。髪はボサボサでところどころ白髪もあり、身につけているものは汚れてもいいような動きやすい服装だ。この街の労働者にいそうな外見だが、目だけは違った。ギラギラしていて、欲に駆られているような感じがする。

金か、それとも記者として名を挙げたいのかわからないが、坂下の抗議に少しも怯《ひる》まないところからも、それを満たすためならなんでもしそうな雰囲気があった。

「暴力まで振るうのか、ここの医者は」

言いながら、当てつけにカメラを坂下に向けてシャッターを切る。フラッシュの眩《まぶ》しさに目を細めて手で顔を覆った。けれども、男はやめない。

「はっ、どうせ税金にたかって酒飲んでるような奴だろう。あんたも、そんなクズみたいな連中の世話なんかやめて、まともな仕事に就いたらどうだ？」

「なんですって？　誰がたかってるって……、――っ！」

また写真を撮られた。坂下が訴える時間も金銭的余裕もないとわかっているのか。横柄な態度で、むしろ挑発するようにシャッターを押している。しかも、高橋にまでその好奇心を向け始めた。

「なぁ、あんたこの街の労働者だろう。生活保護の受給の仕方でも習いに来たか？　え？」

「ちょっと、やめてください。その人は生活保護なんか受けてませんよ」

「はぁ～ん、そいつぁ偉いねぇ。だがな、年金払ってんのか？　貯金は？　どうせその日暮らしの生活してんだろうが。年老いて働けなくなったら生活保護だ。そうやってその日暮らしを愉しんでおいて、いざ自分が働けなくなると今度は弱者ぶって国にたかる。弱者様々だよなぁ。人の税金で生活するってどういう気分だ？　えっ」

「言いがかりはやめてください」

「うるせぇ！　俺は真面目に働いて税金収めてる国民様なんだよ！　それなのに、俺たちのような庶民ばかり税負担を強いられる。真面目に働いても生活保護を貰ってる連中のほうが手取りがいい場合もあるんだ。医療費は無料。あんた、受給者が医療費免除なのをいいことに、不必要な薬を出して売らせてるんじゃないのか？」

「そんな不正はしてません。あなたは闘う相手を間違えてる！」

　坂下と男の言い争いを聞いていられなくなったのか、高橋が踵を返して歩き出した。

「あっ、ちょっと待ってください」

　坂下が引き留めても、高橋は振り返りすらしなかった。無言でどんどん歩いていく。追いついて腕を摑むとやっと立ち止まってくれたが、坂下を見る目にはなんの感情も浮かんでいない。それが、切ない。

怒っていいのだ。ここは怒るべきところなのだ。

あんなことを言われて、なぜそんな諦め切った目をするのだろうと思う。

「あんな人の言うことなんて気にしちゃ駄目です。せっかく来たんですから、中に入ってください」

「もういいよ。あんた、俺の世話どころじゃなさそうだし」

「そんなことありません」

「いいんだって」

腕を乱暴に振り払われ、これ以上強引に引き留める気にはなれなくて黙ってその姿を見送る。高橋の背中が暗闇に溶け込むと、どうしようもない怒りが込み上げてきて、坂下はすぐさま記者のもとへ戻った。

「図星さされて逃げ出したようだなぁ」

「何が図星です。どうしてくれるんです！　せっかく来てくれたのに！」

胸倉を掴み、車のボディに押しつける。

「俺のせいだってのか？」

「だって、そうでしょう？　ずっと体調が悪そうだったのに……やっと来てくれたのに、どうして……っ、どうしてそんな邪魔ばかり……っ」

腹立たしかった。コツコツ声をかけ、努力して培ったものを壊されたのだ。ほんの少しの信頼を築くのに、多くの時間を費やさなければならなかった。

そして何より、自分を少しでも信用して来てくれたのに、嫌な思いをさせた。どんなことがあっても自分の足で立とうとしていた男が、謂《いわ》れなき非難を浴びることになった。

もう二度と、診療所には来てくれないかもしれない。

「どんな思いであの人がここに来たのかわかりますか！『夢の絆』が斡旋していた不正受給とうちは関係ありません！　それに、あの施設にいた人の中には、本当に必要な人だっていたんです！　写真もネガを渡してください。データならここで消去……」

「俺のカメラに触るんじゃねぇ！」

二人は揉み合いになった。

「クズがのたれ死のうがどうしようが、俺には関係ねぇんだよ。いっそ死んでくれたほうが世の中のためだろうが。生活保護費にたかるウジ虫どもが！」

「――ふざけるな！　クズはどっちだ！」

あまりの言い分にカッとなり、坂下は拳を振り上げて記者を殴っていた。弾みで溝に足を取られて転倒する。だが、それでも怒りは収まらず、まだ尻餅《しりもち》をついたままの男の胸倉を両手で摑んで揺さぶった。

何が死んだほうが世の中のためだ。何が、ウジ虫だ。ここまで言われても黙っている理由はない。

「この街の人のことを知らないくせに……っ！　クズってのは、あなたみたいな人のことを言うんですよ！　思い込みでいい加減な記事を書いて……っ。またこの街に来たら……っ」

もう一発殴らないと気が済まないと、拳を振り上げたその瞬間――。

「先生、やめろ！」

「……っ！」

「いいから、もういいからやめろ」

斑目に後ろから羽交い絞めにされ、坂下はようやく我に返った。握り締めた自分の拳と斑目を交互に見て、ゆっくりと力を抜いていく。斑目はすぐに解放してくれたが、取り返しのつかないことをしてしまったことに気づく。

「痛い痛い！　痛ぇよ～。この医者が俺を殴って大ケガしちまった！　誰か警察呼んでくれ、殺される！　殺されちまうよ～」

記者はわざと大声で叫び始めた。誰が見ても大ケガなんかでないことはわかる。だが、坂下が殴ってしまったのは事実だ。

「痛ぇ、骨が折れちまったかもしんねぇ」

声を聞きつけた街の住人がぞろぞろと集まってきて、記者を取り囲んだ。みんな酒が入っているからか、目が据わっている。さすがに大騒ぎしすぎたと気づいたようだ。慌てて立ち上がり、車を背にして身を守る体勢を取る。

「な、なんだよお前ら」

「なんだよじゃねぇんだよ。てめぇか。俺たちのこと好き勝手記事に書いてやがったのは！」

「また何か探りに来やがったか！　いい度胸だなぁ」

人相の悪いオヤジたちに囲まれてもなお威勢のいい態度を取る勇気はないようだが、それでもおとなしく言われっぱなしでいるつもりもないらしい。後ろ手で車のドアを探りながら、唇を歪める。

「そ、そうやって暴力で脅して、金でもせびろうってのか。はっ、覚えてろよ。こんな診療所、ペンの力でつぶしてやれるんだぞ」

吐き捨てるように言ってから、車の中に逃げ込もうとする。けれども、次の瞬間、斑目が鼻で嗤った。

「ペンの力だと？」

記者の動きがピタリと止まる。ゆっくりと振り返った記者を、腕組みをした斑目が見下ろしていた。その目に浮かぶのは、軽蔑《けいべつ》でもなんでもない。軽蔑する価値すらない、憐れみすら感じるものだった。

「何がペンの力だ。思想も何もねぇ、信念もねぇ、ただの思い込みでゴシップまがいの記事書いて飯喰ってるクズ野郎が何言ってやがる」

静かな言い方だったが、その言葉には重みがある。けれども、金になる記事を書くことに執着している男には通じない。

「お、お前に何がわかる。覚えてろよ。必ず後悔させてやるからな」

そう言い捨て、記者は車に乗り込むとすぐに走り去った。


記者が立ち去った後、斑目は記者に対する怒りを収め切れない街の男たちを解散させ、坂下を診療所の中へと促した。待合室の椅子に座るよう言われ、おとなしく従う。

自分のしてしまったことの重大さや、己の愚かさを嚙み締めながら深く項垂れる。斑目が何も言わずにいるのも、事態の重さを物語っているようだ。

「先生。どうしてあんなことしたんだ?」

責めているのではなく、事情を聞こうとしているのはわかったが、答えようがなかった。

どうしてあんなことをしたのか、自分でもわからない。

頭で考えるより先に、躰が動いていた。怒りに任せてあんなことをした。一番やってはいけないことを、やってしまった。診療所の常連たちには何を言われても騒ぎを起こすなと言っておきながら、自分が最悪のことをしてしまった。

「なぁ、先生」

「だって……っ」

まずい事態になったのは、十分わかっている。挑発されたとはいえ、坂下もついカッとなった。本気で反論したのが馬鹿だった。

どんなに正論をぶつけても、偏見で凝り固まった考えを持った人間には通用しない。謝罪どころか、この街に対する憎悪を大きくするだけだ。

記者が頼めば、多少大袈裟に診断書を書いてくれる医師はいるだろう。こういった訴訟に慣れていれば、坂下から金をふんだくるのも可能だ。

きっと、上手く利用されて記事にされる。それだけではない。もし、被害届が出されて罰金以上の刑事罰を科せられると、医師免許停止という事態に陥る可能性もあった。

おそらく一ヶ月程度は覚悟をしなければならない。

後悔先に立たずと言うが、これほど自分のしたことを悔いたことはなかった。

「ずっと誘ってて、やっと来てくれたのに……やっと診療所に足を運んでくれたのに、あの人が、税金にたかるクズだとか……罵倒《ばとう》したんです。そのせいで、帰ってしまった」

「高橋って野郎のことか」

坂下が小さく頷くと、斑目は溜め息をついた。坂下がずっと声をかけていたことを、斑目は知っている。こつこつ積み上げてきたものを壊される悔しさは、わかるだろう。

「やっと……来てくれたんです。やっと……っ」

言いながら、それは言い訳でしかないことを痛感していた。どんな理由でも、手を出せばおしまいだ。本当に愚かなことをした。

「先生」

「訴えを起こされたら、どうなるか……。今でさえギリギリなのに、これ以上問題を起こしたら、ここで診療所が続けられなくなります」

「そう思いつめるな。よく考えてみろ。たった一発殴っただけだ。警察もそう簡単に被害届は受理しない。示談に持ち込むために被害届を出す輩《やから》が多いからな」

「でも、届けが出されれば受理するのが警察の義務です。あの人は、窓口で説得されたくらいでは諦めません。あの捨て台詞、聞いたでしょう？　絶対に訴えを起こすに決まってます。それに……リース契約だって、更新、してもらえなかった……っ」

声を詰まらせて訴えると、斑目は険しい顔で聞き返してくる。

「リース？　もしかして、エコーなんかのか？」

坂下は黙って頷いた。さすがの斑目も、この事実を聞いてすぐに言葉は浮かばなかったようだ。それだけ深刻な事態なのだと、改めて感じる。

「この前の……水浸しにされた件がきっかけです。投石被害に遭ってることも知ってて、問題を抱えてる今は、更新は無理だって。もしかしたら、不正受給の斡旋に手を貸してるなんて書かれているから、メーカーとしてはうちとのつき合いを避けたいのかもしれません。機材がなくて、何ができるんですか。治療らしい治療ができないのに、何が診療所です……っ。それに、診療報酬だって、払ってもらえなかった」

「踏み倒されたか」

「治療した直後は、利子つけて返すとまで言ってくれたのに……っ、あんなに喜んでたのに、ケガが治って仕事に復帰できるって言った時は、あんなに嬉しそうな顔で……お礼を言ってくれたのに……っ」

そのことが、何より坂下の心を弱らせていた。

普段なら仕方ないと思えることでも、今の坂下にとって手酷い裏切りのように感じてしまうのだ。報われない努力を続けることに、疲れてしまう。それは、治療費を踏み倒した相手に対する恨みではなく、虚《むな》しさだ。

こんなにがんばっているのに、自分の思いが届かない。結果が出ない。無駄なことをしているのではないかという気持ちになってしまう。

「……っ、俺なんて……俺なんて、この街に……必要、ないのかも……」

両手で顔を覆い隠し、最後は消え入りそうな声で訴えた。すると、肩に斑目の手がそっと置かれる。

こんなふうに、何度も慰められた。熱い手だ。無骨で、優しくて、思いやりがある。

けれども、同時に斑目はいずれ街を出ていくかもしれないという気持ちになった。

坂下が危機に直面した時は、いつも側にいてくれた。だから乗り越えられた。今も斑目が側にいてくれるから、なんとか気持ちを保っていられる。だが、もしいなくなったらと考えると、不安でたまらない。

「も……無理です」

「何がだ？」

「もう、続けていく自信がありません」

「……先生」

「もう、続けられない……っ」

坂下は、そう訴えた。それは、初めて漏らした弱音だった。

今までどんなに経営が苦しくても、どんな困難に直面しようとも、診療所をやめたいなどと思ったことはなかった。むしろ、越えなければならない壁が高いほどがんばろうと思うことができた。そうやって壁を乗り越えてきた。

けれども、今は違う。

あまりにも険しい山道を前に、足を止めてしまった登山家のようだ。一度そうしてしまうと、再び歩き出す気力など出せない。臆病《おくびょう》で意気地がなくて、この困難から逃げ出すことばかり考えてしまう。

「じゃあ、辞めちまうか？」

「……っ」

「こんな街捨てて、俺とどっか別の街に行って、就職して二人で暮らすか。安月給でも、野郎二人いれば十分生活はできるぞ。こんな貧乏暮らしじゃなく、贅沢だってできる」

この街を捨てて、斑目と二人で生きていく──そんなことは、考えたことがなかった。望んだこともなかった。この街が、坂下にとって終《つい》の棲家《すみか》だと思っていた。

そんな選択肢もあることに気づき、心は雷に打たれたような衝撃を受ける。

この街を出て、斑目と二人で生きていく──。

「そんなこと……できませ……」

「だろうな。先生、絶望するな。この街に自分が必要ないかもしれないだなんて思うな。諦めるのはまだ早い。駄目だと決まったわけじゃない。きっとなんとかなる。一人で抱え込むな。俺がいるだろうが」

引き寄せられ、強く抱き締められる。その腕に抱かれていると、ずっとこの腕に縋っていたくなった。この腕に護《まも》られることに、慣れてしまいそうだ。

弱さが露呈する。

「……っ、……斑目さん……っ」

なんとか持ちこたえてきたが、こんなふうにされると寄りかかってしまいたくなった。一度そうしてしまうと、なし崩しに弱くなっていきそうで怖い。

優しくなんかしないでくれ。

そう願うが、強さを貫き通すことができるほどの余裕はなく、涙が溢れてきて、坂下は斑目の背中に手を回した。駄目だ駄目だと思いながら、涙とともに溢れてくるのは、ずっと心の奥に隠してきた言葉だ。

「でも、……斑目さんは……っ」

言いながら、坂下は自分の弱さに呑み込まれていくのを感じた。それはゆっくりと、だが確実に逃げ道を塞ぎ、坂下を取り込んでしまう。それに包まれると、堪えていた思いを口にせずにはいられず、坂下は諦めに身を委ねた。

「でも斑目さんは、いずれ街を出ていくじゃないですか……っ」

言ってしまってから、自分の弱さに強く目を閉じる。

とうとうそれを口にしてしまった。言わないでおこうと決めていたのに、笑顔で送り出そうと思っていたのに。

欠片でも零してしまうと、あとは止めようがない。

「……先生」

「……っ、行かないで……ください、……俺を……一人にしないで……ください。一人で、乗り越えられっこない」

「もしかして、俺とジジィの話を聞いてたのか」

無言で頷くと、斑目の大きな手にぎゅっと抱き締められる。

「やっぱりそうだったか」

「う……っく、……すみません、……すみません……っ」

本音を口にした罪悪感に、何度もそう繰り返した。こんな気持ちを抱えていたことが、情けなくて、自己嫌悪に包まれる。

好きでいてもらえる資格などないと思った。これまで偉そうに理想を語ってきた自分が、こんなことを口にして、見損なわれても仕方がない。

けれども斑目の口から出たのは、予想していなかった言葉だ。

「行かねぇよ」

「……っ」

「ここを出ていくわけねぇだろうが。俺は、ずっとここにいる。どうしてジジィの誘いに乗ると思ったんだ?」

「だって……っ」

「先生を置いていけるわけねぇだろうが」

抱き締められたまま頭に手を置かれ、優しく撫でられた。そしてゆっくりと躰を放され、口づけられる。重ねるだけのそれは次第に性的な色を帯びていき、坂下は身を委ねた。

「ん……、ぁ……ん」

舌を絡ませてはついばみ、見つめ合い、そしてまた口づける。斑目との触れ合いに酔いしれ始める頃、いとおしむように頬に手を添えられて熱い視線を注がれる。

「もう今日は何も考えるな。このところいろいろありすぎたんだよ。プレッシャーでおかしくなってやがる。こんな時はな、一度全部忘れちまったほうがいい」

「斑目さ……」

「俺が忘れさせてやる」

その言葉が合図であるかのように、斑目の愛撫に狂わされる夜が始まろうとしていた。


二階に連れていかれた坂下は、斑目に縋るあまり積極的に躰を開いていた。首に腕を回して自ら口づけ、躰を密着させる。けれども、今抱えている問題を完全に忘れることは、そう簡単ではなかった。頭の隅のどこかに己の無力さを嘆く気持ちや、これからどうなるのだろうという不安が居座っている。

「先生が辛いんなら、忘れさせてやる」

「ぁ……っ」

「こんな時は、何も考えないほうがいいんだよ。何も考えるな」

畳の上に押し倒された坂下は、膝立ちになった斑目が自分を見下ろしながら上着とシャツを脱ぎ捨て、その逞《たくま》しい上半身を目の前に晒すのを戸惑いながらも見上げていた。

(あ……)

荒々しくも美しい獣の肉体。何度も組み敷かれたからか、この体勢で見せつけられただけで体温が徐々に上昇していく。まるで自分が男を受け入れる準備をしているようで、そんな反応に羞恥せずにはいられない。

「俺が側にいる」

「……斑目、さ……」

「俺が、ちゃんと側にいてやる」

側にいる——その言葉は、坂下を安堵《あんど》させた。安堵してはいけないとわかっていても、今はその言葉に縋りたくなってしまう。

本当に縋っていいのか、この行為に溺れていいのか、楽になっていいのかと思いながらも、このままでは心が張り裂けそうで斑目を抱き締めた。

「斑目さ……、……ずっと……側に……、……いて……、……側にいて……くださ……」

「わかってる」

荒々しい獣の息遣いに意識を集中させ、その手が施すイタズラに集中する。

「ぁ……あ、……はぁ……っ」

有無を言わさない強引さでシャツの中に入り込んできた熱い手は、乱暴に坂下の躰をまさぐった。

今だけは忘れたい。その熱い手に溺れたい。

そう強く願いながら嵐のような激しさで襲いかかってくる斑目に、身を任せた。

「ぁあ……っ」

首筋に這わされる唇に、甘い声があがる。時折歯を立てられ、荒々しい獣の牙にかけられて目を閉じた。喉笛に嚙みつかれ、びくんと大きく躰を跳ねさせた後、震える唇の間から熱い吐息を漏らす。

しかし、それでも心は完全に行為に溺れることはできなかった。早く忘れてしまいたいのに、フラッシュバックのように脳裏をよぎるのは、リース契約の見合わせを言ってきた電話。記者の心ない言葉、そして記者からの罵倒に怒りもせず帰っていく高橋の姿。さらに坂下が診療報酬を回収しに行った時に、もうその男はいないと告げた宿の主人の顔。

溺れようとしても、忘れるなとばかりに蘇る。

「まだ忘れられねぇか？」

「……っ！」

不意に斑目の動きが止まり、優しげな眼差しで見つめられる。せっかく忘れさせてくれようとしているのに申し訳ない気持ちになるが、斑目はそんな小さなことを気にするような男ではなかった。頭を軽く撫でてから、おもむろに立ち上がる。

「ちょっと待ってろ」

斑目は、そう言い残して一度一階に降りていった。すぐに階段を上ってくる足音が聞こえ、部屋に戻る前に台所で何かを漁《あさ》ってくる。

坂下は、斑目の手にしたものに目が釘づけになった。

「下に軟膏《なんこう》もあったが、さすがに今は節約しねぇとな」

斑目がシンクの下の棚から取ってきたのは、サラダオイルのボトルだ。何に使うかなんて、聞かずともわかる。生活感溢れる部屋で日常を思わせるものを使われるのは、より羞恥を煽られていけない。

自分がそれを望んでいることもわかるため、どんな顔をして迎えればいいのかわからないのだ。

「何もかも全部忘れられるように、俺がたっぷり尽くしてやる」

「――ぁ……っ」

跪いた斑目に開襟シャツを脱がされ、それで手首を縛られると俯《うつぶ》せにされて下半身を覆っていたものをすべてはぎ取られる。いつも首からかけているホイッスルとお守りが、目の前にあった。

オイルを塗った指が蕾《つぼみ》に触れると、息を呑む。

「ぁ……！」

「全部、忘れろ。今だけ忘れる努力をしろ。あとは、俺が溺れさせてやる」

「ぁあ、ぁあっ、んぁ……っ」

斑目の言う通り、坂下は何も考えまいとこの行為に意識を集中させた。蕾をマッサージされているうちに、徐々に躰が悦び始める。先ほどのようなフラッシュバックがなかったわけではないが、次第に思考が奪われていくのがわかった。尻を高々と上げた状態で後ろを探られ、意識的に猫のように腰を反り返らせて自ら卑猥な格好をしてみせる。

それは、まだ完全に溺れ切れない己の気分を高めるためだ。

オイルを塗られた指は次第に坂下の躰を虜《とりこ》にしていき、心をも取り込んでいった。気がつかぬうちに川縁の砂が削られていくように、坂下の理性もまた本人すら気づかぬほど少しずつ快楽に浸食されていく。

「……くぅ……っ、……ん……っ」

坂下は、無意識に畳をかきむしった。縋るものがなくて、拳をきつく握り締めながら斑目の指使いに狂わされていく。

「……は……っ」

くすぐったくて、もどかしくて、坂下はいつの間にか斑目の指を追うように尻を突き出していた。意図的だったものが違うものへと変貌《へんぼう》していくにつれ、現実からも解放される。

今だけは、それでいい。

こんな格好で欲しがるなんてみっともないが、溺れられるならそれでいい。

自分を呑み込もうとする愉楽という魔物に素直に身を委ね、心はさらに深い愉悦を求めて深く溺れていった。坂下が何を望んでいるかそれだけで伝わったのか、蕾を撫でるように愛撫していた指が突然ねじ込まれる。

「ぁう……っく、……っく！」

滑りがよくなっているとはいえ、いきなり指を挿入されて坂下は息を詰めた。膝が震えて止まらないが、それが我を失うほどの悦びからくるものだとわかっている。まだ躰は十分な準備ができていないが、こうして半ば乱暴に拓《ひら》かれることこそが、坂下の心を苦しみから遠ざける手段でもあった。

さらに仰向けになった斑目が下に滑り込んできて、屹立を口に含まれる。

「ぁあっ、斑目さ……っ、駄目……、だ……、――ぁ……っ」

言葉は、すぐに快楽の海に消えた。

斑目の口の中は熱く、蕩けるようだった。舌を絡ませて強く吸われ、奥に燻《くすぶ》る熱を放出したくなるが、そうするとすぐに突き放される。ゆっくりと、だが同じ調子で口から出し入れされていると何も考えられなくなる。頭の中が真っ白になり、ひとたびそれに溺れると、もう坂下はただ快楽を貪《むさぼ》るだけの獣になることができた。

「はっ、……ぁあっ」

さらにたっぷりとオイルを塗った指に容赦なく後ろを拓かれる。より柔らかくほぐされていき、坂下は悶えた。足の親指が畳を擦り、膝を閉じようとして斑目を強く挟み込んでしまう。それでも愛撫は緩められることなく、むしろ徐々に激しさを増していった。

「ぅ……っく、んぁあ……、斑目さ……、待……っ、……は……っ、……待って……くだ……さ……、ぁあっ」

何度懇願しても、無駄だった。容赦なく坂下を狂わそうとする斑目は、無言でただ奉仕する。濡れた音がより鮮明になるにつれ、下半身から力が抜けていった。

斑目の指がさらに蕾を拡《ひろ》げ、どこまで開発されるのだろうかと、怖さと期待に心は濡れそぼつ。

「はぁ……っ、……んぁ、……斑目さ……、……駄目、……そこ、……待……っ」

前と後ろを同時に責められ、坂下は確実にその愛撫により蕩けていた。

ぐっと奥まで指を突っ込まれ、息が詰まる。けれどもそれはただ苦しいだけのものではなかった。胸の奥が締めつけられ、躰の奥が熱くなり、爪先が痺《しび》れる。

何も考えるなという斑目の言葉通り、坂下はただ与えられるものを貪り喰らう獣になっていた。

悦び、悶え、欲深く味わう。

「んぁ、あ、……駄目……、……駄目……」

「いいんだよ、漏らしたかったら、漏らしゃいいんだ」

「あ、あ、あっ！」

「先生、……先生のここ、いやらしくなってんぞ」

坂下の快楽を優先させようとしているからか、斑目の声は押し殺した欲望に掠《かす》れていた。自分のことは二の次に、けれども隠し切れぬそれは濃い色香となって滲《にじ》み出ている。それが坂下をより深く酔わせていた。

「ぁあ……、……はぁ……っ、……も……我慢……、できま……せ……」

そう訴えた瞬間、急激に迫り上がってきたものに連れ去られるように、坂下は白濁を放っていた。

「ぁ……ぁあ……っ！」

これまで幾度となく斑目と躰を重ねてきたが、これほど滅茶苦茶にされたのは初めてかもしれない。後ろの感覚がなく、じんわりとした熱と疼きに包まれている。

「……う……っく、……はぁ……、……っ、……すみませ……、……はぁ……っ」

「謝るな。もっとすごいこと、やってやるよ」

はっきりしない頭でその言葉を聞き、何をされるのか振り返ると斑目がズボンのポケットから何かを取り出すのが見える。

それは、血圧を測る時に腕を縛るゴム製のチューブだった。

「じっとしてろ」

「あ、待……っ」

「いいから、じっとしてろ」

屹立の根元をそれで縛られる。これではイきたくても、イけない。そんな思いも手伝って、坂下は追いつめられていった。

「斑目さ……、……何を……、……何、する……、……はぁ……っ」

戸惑う坂下を見下ろし、斑目はゆっくりとズボンを脱ぎ捨ててその姿を晒した。一度もイッていないその屹立は鎌首をもたげており、長いこと食事を絶たれた獣さながらに張りつめて先端から涎《よだれ》を垂れ流している。ようやく食事にありつけると、舌なめずりしているようだ。

「待……、……ぁ！」

マウンティングの体勢で押さえ込まれるが、斑目はここでも繋がろうとはせずに坂下への奉仕に徹した。股の間に斑目を挟んだ格好になると、擬似的な繋がりでさらに欲望を刺激してくる。

「ぁあっ、あぁ……っ、はぁっ」

声を押し殺すことなんて、できなかった。

静まり返った夜に、こんな声で啜り泣いていれば外に聞こえるかもしれない――わかっているがどうしようもなく、斑目の猛《たけ》りが自分の中を容赦なくかき回す想像に溺れた。

「ぁあっ、や……っ、……駄目……、……そんなに……しな……で……くださ……」

懇願しながらも、こうして斑目の意地悪な奉仕の下に悦びは増す。罪の意識すら感じるほどの悦楽があってもいいのかと思うほど、大きな波だった。坂下を呑み込み、連れ去ろうとしている。

「駄目……、駄目……、……んぁ……っ」

泣きながら懇願するが、斑目はまったく聞き入れてくれなかった。それどころか、駄目だと訴えるほど、坂下をより深く翻弄する。

「そんな……こと……っ、……したら……っ、……どうにか……、……ぁあー……」

「そんなにいいか?」

「……っく、イイ……ッ、……でも……、……もう……」

「イイなら、続けるぞ」

「駄目……、……も、……っく、……あ、あっ」

斑目は、愛撫の手を緩めようとはしなかった。本気で坂下を狂わせようとしているのか、容赦なく腰を使って縛り上げられた屹立を己の先端で刺激してくる。

「お願……、……お願……、許し……て……、……はぁ……っ」

「ひ……、……っく、……んぁあー……、ぁあっ、あ、あっ！」

無言で突き上げてくる斑目の息遣いがすぐ耳許で聞こえ、それは何よりも坂下を狂わすスパイスとなっていた。言葉で煽られるより、悪い。無言でその動きに合わせ、動物的な息遣いを聞かされる。

まるで闇に放たれた獣に喰われている気分だった。

「こんな……、……こんな……っ、……っく、……嘘……っ、……こんなの……っ、……駄目、駄目……」

膝が畳に擦れるが、痛みなど感じない。全身が痺れ、熱に包まれて焼かれる。

「嘘……、……嘘……っ、……こんな……、ぁあ、あ、嘘……っ、ああー……っ！」

どこもかしこも敏感になっており、坂下は狂おしいほどの快感に見舞われていた。斑目を求めるあまり、肉体まで変貌しているのかと思うほどだ。

「先生、……愛してるぞ、……先生」

「俺も……、……俺も……、……っく、……俺もです……っ」

熱に浮かされるように、坂下は何度もそう訴えていた。

後悔ばかりが、坂下を苛んでいた。

行かないでくれと、一人にしないでくれと斑目に縋った自分を思い出し、あまりの不甲斐なさに愛想を尽かしている。

あれほど夢中にさせてくれたのは、斑目が坂下の気持ちを全部わかっているからだ。激しい行為に夢中になることで、一時的にでも苦しい気持ちを紛らわせようとしてくれた。

そこまでさせてしまったことが、情けない。

しかも、送り出すどころか、引き留めるようなことを口にし、ずっと側にいるという約束までさせた。なんて馬鹿なことをしたのだろうと思う。

昨夜のことを全部なかったことにしたい。全部忘れて欲しい。確かに斑目に側にいて欲しいという気持ちはあるが、自分の人生を捨て置いて欲しいとは思っていない。斑目の人生を台無しにしたいなんて、これっぽっちも思っていない。

それなのに――。

これほど頭でわかっていてもなお、踏ん切りはつけられなかった。斑目の背中を押してやる勇気がない。

斑目を想う気持ちと、求める気持ちの狭間《はざま》で、坂下は揺れていた。こんなことでは駄目だとわかっているのに、背中を押さなければならないのに、逆のことをしてしまう。

どうしたらいいのか、わからない。

迷いを抱えたまま悶々としていたが、なんとかこの状況から脱したいのと斑目とどんな顔をして会えばいいかわからず、坂下は診察時間を早く切り上げて出かけた。手に持って出たのは、双葉から貰った葉書だ。

住み慣れた街を一歩出ると、ガラリと様子が変わる。駅の改札を潜《くぐ》って外に出た坂下の目に飛び込んできたのは、きらびやかなイルミネーションだった。

「メリークリスマース。クリスマスケーキいかがですか～？」

駅周辺はケーキの箱を持ったサラリーマンの姿も多く、店先ではサンタの格好をした店員たちがケーキを販売している。こんなふうに浮かれる街の様子を直《じか》に見るなんて、久し振りだった。

（そうか。今日はクリスマス・イヴなんだ……）

思えばあの街で診療所を始めてから、クリスマスなどのイベントを気にする余裕はなかった。もともとそういったことには疎くてあまり気にしたことはなかったが、あの街で診療所をやっていくと決めてからは、さらにそういったことから遠のいた。

これほど懐かしく感じるなんて、自分は本当にあの街に馴染んでしまったのだと思わされる。日雇い労働者の集まるあの街が、自分の暮らす場所なのだと。

坂下はいったんバスに乗って移動すると、送られてきた葉書の住所を頼りに双葉の住んでいるアパートを捜した。バスを降りて十分ほど歩いて、ようやく見つける。

(あ、ここだ……)

小さな二階建てのアパートだった。単身用といった感じでそう広くはなさそうだ。築年数もかなりありそうで、鉄骨の階段はところどころ錆《さ》びている。けれども、環境はいいようで近くの民家からときどき子供の笑い声が聞こえてきた。

クリスマス・イヴは、子供にとって特別な夜だ。遠くの国からトナカイに乗ってやってくる白い髭のおじさんや、おじさんの持ってくるプレゼントに心を躍らせる。

「俺、何しに来たんだろ」

駅からここまで来る間に、自分がいる街とはあまりにかけ離れた街の様子を見てきた坂下は、力なくそう呟いた。

街を出て新しい生活を始めている双葉を訪ねて、何をしようというのだ。せっかく息子と生活する夢を見つけ、それに向かって歩き始めているのに、今さら自分が姿を現して愚痴でも聞いてもらおうというのか。

いざ来てみてわかったのは、来るべきではなかったということだ。

前向きな努力を続ける双葉の声を思い出し、こんな自分を見せてはいけないい気がした。後ろ向きで、世間を恨む気持ちでいっぱいで、何もかも上手くいかずに世の中を恨めしく思っているような男が、息子との人生を歩み始めている男に近づいちゃいけない。

(帰ろう……)

そう思い、踵を返して歩き出したその時だった。

二階の部屋のドアが開き、楽しげに話す声が聞こえた。振り返ると、ちょうど部屋の中から人が出てくるところで、坂下は咄嗟《とっさ》に物陰に隠れた。

やはり双葉だ。部屋の鍵をかけてから子供と一緒に歩き出す。

「なぁ、洋。今日は楽しかったか？」

「う〜ん、まぁまぁ」

「えー、まぁまぁ？ さっきはすごく楽しそうだったのに。サンタさんと一緒に写真撮っただろ？」

「サンタさんじゃなくて、あれはおじさんだよ。髭つけて帽子被っただけなのに、どうしてサンタさんになるの？」

「あ、バレた？ でも、サンタさんは本当にいるんだぞ」

「嘘ばっかり」

「そんなことないよ」

「じゃあ、どうして煙突がないのに入ってこられるの？」

男の子は生意気なことばかり言っているが、見ていて微笑《ほほえ》ましかった。照れ隠しなのだろう。本当は甘えたいが、甘え方をよく知らないのだ。けれども双葉を見上げる目には、警戒心など微塵《みじん》もない。それどころか双葉の目を真っすぐに見て、その言葉を一所懸命聞いている。あんなふうにしている洋が、双葉を信用していないはずがない。

また、双葉の表情からも父親の片鱗《へんりん》が窺《うかが》えた。まだ新米パパだろうが、街にいた頃から雰囲気も随分変わった。髪を短くしているのもそう感じさせる要因の一つかもしれないが、それだけではない。以前からしっかりしていたが、地に足をつけて人生を歩んでいるという印象があった。

「サンタさんは、鍵穴からも入ってこられるんだってー」

「本当っ？」

目を輝かせる洋を見て双葉は幸せそうに笑い、階段を降りたところでいったんしゃがみ込むと洋のマフラーに手をかけた。

「ほら、寒いからマフラーちゃんとして。今日は少し遅くなったから、園に帰ったらすぐに寝るんだぞ。湯冷めしないように、手袋もちゃんとしとかないと」

「うん」

「また一緒にお風呂に入ろうな」

「うん、いいよ」

「やったね。今度はさ、銭湯行こうか？　お風呂上がりにフルーツ牛乳飲むんだぞ」

「フルーツ牛乳って何？」

「フルーツ味の牛乳だ。美味しいんだぞ〜」

二人は、アパートの駐車場に停めてある軽自動車に乗り込んだ。車に乗り込んでからも会話は続いているようで、笑いながら何か話している様子が見て取れた。

二人を乗せた軽自動車はゆっくりと発進し、安全運転で走っていく。

（幸せそうだ）

物陰から二人の姿を見ていた坂下は、心底思った。

邪魔しちゃ駄目だ。

双葉の努力を邪魔してはいけない。

双葉の幸せそうな姿を見れば少しは元気が出るかと思っていたが、逆だった。自分の情けなさばかりを思い知らされ、こんなことではいけないと深く反省する。

けれども、どうすればいいかもわからない。

「俺って駄目だな」

溜め息をつき、ブロック塀の陰にうずくまるように腰を下ろした。寒いが、歩き出す気にもなれず、鼻の頭がどんどん冷たくなっていくのにじっと耐えていた。

どのくらいそうしていただろう。いい加減帰らなければと思っていると、いきなり背後から声をかけられる。

「先生、何やってんの？」

「――っ！」

振り返ると、双葉が立っていた。なぜここに……、と思って慌てて立ち上がると、双葉が洋を乗せていった車が同じ場所に停まっているのが見えた。少し距離があるとはいえ、車のエンジン音にすら気づかなかったのだ。こっそり帰るつもりだっただけに、間抜けな自分にほとほと呆れる。

「さっきから人のこと盗み見て……そんなに俺が好きなんっすか？」

「さっきって……えっと……」

「気づいてましたよ。声かけてくれると思ってたのにかけてこないから、何かありそうだと思ったんだけど、そっとしておくかどうか迷っちゃって、とりあえず知らん顔して洋を園に送り届けたんっすよ」

逃げるわけにもいかず、戸惑いながら愛想笑いをすることしかできない。顔が引きつっているのが自分でもわかり、ますます気まずくなる。すると、双葉はにっこりと笑って近づいてきた。目の前に立たれ、おずおずと視線を合わせる。

電話や葉書のやりとりはしていたため、ずっと繋がっている気はしていたが、こうして実際に会うと懐かしさが込み上げてきて切なくなった。

久し振りだ。

久し振りの双葉だ。

診察室の窓の外に座り、斑目と一緒に馬鹿なことばかり言って遊んでいた。陽気で、頼り甲斐があって、年下のくせに経験も豊富でいつも力を貸してくれた。

懐かしい。

とても懐かしい。

そんな強烈な思いに、胸が締めつけられた。二度と戻らない日々。過ぎ去った時間。それはあまりにも優しくて、縋ってしまいそうになる。

あの頃に戻りたいのか——坂下はそう自問した。あの頃のように、斑目だけでなく双葉にも側にいて欲しいのか。

違う。そうじゃない。

それだけは確かだった。息子と楽しげに会話を交わす双葉を実際に見て、これまで以上に双葉の邪魔をしてはいけないと感じた。応援したいと……。

けれども、あまりにたくさんのことを共有してきた仲間だからか、街にいた頃がはるか昔に感じるほどすっかり違う生活に馴染んでしまった双葉を見て、感傷的になっている。

「どうしたの？　旦那と一緒じゃないんだ？」

「旦那って……、斑目さんのことですか？」

「当たり前でしょ。他に誰がいんの？　あ、もしかして夫婦喧嘩？　斑目さんがあんまり求めてくるから、俺に乗り換えようとしてたりしてー」

ふざけてみせる双葉の優しさに思わず笑い、以前のように「違いますよ！」と声を張り上げた。

「まぁまぁ上がってよ。狭いけど俺の城、見てって」

促され、おとなしく双葉の後について鉄骨の階段を上っていく。

コツコツ、と冷たい音がするが、双葉の足音はどこか楽しげだ。息子と過ごしたクリスマス・イヴが、双葉の足音までこんなふうにしてしまうのだ。溢れる双葉の幸せを感じながら、送り出して本当によかったと思った。街から卒業することができて、よかったと。

「入って」

「お邪魔します」

小さく言って、遠慮がちに中に入った。部屋は狭く、質素だが、それでも双葉の充実した生活が見て取れた。

小さな台所に揃えてあるフライパンや鍋などの類からは、双葉が自炊をしていることが窺えた。子供のために、料理を覚えようとしているのかもしれない。もちろん、貯金もだ。

洋が泊まりに来た時のためだろう。洗面台のコップには、子供用の歯ブラシも置いてあった。きっと茶碗《ちゃわん》も二つ、箸も二膳、全部揃っているだろう。

その生活が見て取れ、泣けてきた。

双葉はこんなにも前向きに、幸せそうに生活しているのかと思うと、心底泣けてきた。

嬉しくて、切なくて、目頭が熱くなる。

「あ、ケーキ食べます？　洋と食べた余りだけど」

「え、あ。はい、いただきます」

双葉に気づかれないよう涙を指で拭い、ちゃぶ台についた。すると、双葉は小さな冷蔵庫から皿に載せたケーキを持ってくる。ラップのかけられたそれには大きなイチゴが載っていて、飾りつけも可愛くて子供が喜びそうだ。

「サンタは洋が持ってったんだけど、トナカイは俺が貰ったんだ〜。可愛いだろ、ケーキのトナカイ。先生にあげるよ」

残ったケーキは、幸せの欠片だった。子供がいなければ、こんな可愛い飾りのついたケーキなど買わなかっただろう。

「はい、どうぞ。ジュースは洋が飲んじゃったからお茶しかないけど」

「いただきます」

フォークを手に取り、口に運ぶ。スポンジがふわふわで、甘い生クリームと甘酸っぱいイチゴがとてもマッチしていた。

「あ、美味しい」

「でしょ？　それがさぁ、洋の奴、チョコレートが好きだからチョコケーキにしようかこっちの生クリームにしようか迷ったんっすよねー。でもさ、やっぱクリスマスって生クリームにイチゴだと思ってさ。こっちにして正解」

「プレゼントは何あげたんです？」

「ふふ～ん、それがさぁ。前にも葉書に書いたけど、洋って動物が好きでさー、さすがに園で動物は飼えないけど、近所の公園に野良猫がたくさんいるらしくて、猫じゃらしとか猫用のおもちゃがいいって。ゲームとかそんなんねだられると思ったんっすけど、デパートのペット売り場に直行っすよ。ちょっと変わってるっしょ」

目がなくなりそうになるくらいの満面の笑みで子供のことを話す双葉を見ていると、坂下も自然と笑顔になれた。

「一緒に暮らすようになったら、動物も飼えたらいいなぁ」

その時のことを想像しているのか、いっそう楽しげな表情になる。けれども、双葉には坂下がなぜ来たのかなんとなくわかっているらしく、ひとしきり話した後サラリと切り出した。

「で？　何迷ってるんっすか？」

「え……？」

思慮深い眼差しに、思わずたじろいでしまう。

「連絡もなしに俺に会いに来るほど、俺のこと愛してるんっすか？　違うでしょ？」

「っ、……いや、……えっと」

「先生って正直者だからすぐに顔に出るんだよねー。診療所ほっぽらかしてここまで来た理由は相当だと思うけど？」

絶句し、双葉には隠せないと観念した。聞いていいかまだ迷いはあるが、じたばたしても仕方がない。軽く息を吸い込んで自分を落ち着けた後、坂下はその質問を口にした。

「双葉さん、幸せですか？」

「もちろん幸せだよ」

「そうですよね。幸せですよね」

即答され、こんなことを口に出して聞かずにいられない自分の愚かさを身にしみて感じた。

「……先生」

「俺は、斑目さんにも……幸せになって欲しいのに」

その言葉に、坂下が抱える葛藤《かっとう》に気づいたようだ。先ほどの満面の笑みとは違う、優しく包み込むような視線で坂下を見る。

「斑目さん、街を出ていくんですか？」

「いえ、そうと決まったわけじゃないんですけど、医者に戻らないかって誘われてるんです。前に話したでしょう？　久住先生って方が」

「ああ、斑目さんを育てたって人っすか？」

「はい。離島の診療所でお医者様してた」

「じゃあ、チャンスなんだ？」

「はい。チャンスなんです」

双葉の問いに頷き、自分に言い聞かせる――これは斑目にとってチャンスなのだ。でも、それを阻止するようなことを言ってしまった。行かないでくれと、言ってしまった。

「俺……斑目さんを送り出せなかったんです。それどころか……」

最後まで言えずに口を噤《つぐ》んだが、あっさりと返される。

「引き留めちゃった？」

「――っ！」

坂下の反応を見て、正解だとわかったようだ。もう一度目を細めてから、諭すように言った。

「先生も感情を持った人間ですよ。割り切れなくて当然っす。好きな人と離れるのは辛いしね。俺だって、先生たちと離れるのは辛かったよ。ましてや斑目さんは、先生にとって特別な人だもん」

「でも、送り出さなきゃ」

「できそうです？」

「……わかりません」

ここまできても、まだわからないとしか言えない自分が情けなくて、唇を噛む。

「先生。あんまり無理しないで。いつも無理しすぎなんっすよ」

「無理なんて……」

「できてもできなくても、俺は先生が好きだよ。先生のおかげで、今の幸せがあるんだ。恩人っすよ」

恩人だと言われ、そんなふうに言ってもらえる価値が自分にあるのだろうかと思った。

こんなに無力で頼りない男が恩人なんて、笑い話にもならない。むしろ、双葉のほうが恩人だと思っている。

「きっと先生は、正しい判断ができると思う」

「双葉さん……」

「すぐじゃなくても、いつかきっとね」

いつかきっと――。

それは、双葉が新しい一歩を踏み出した時、送られてきた葉書を眺める斑目を見て思ったことだった。

その日暮らしの気ままな生活を卒業して、別の場所で安定した生活を手に入れなければならないと。そしてそうなるよう、自分が手を貸さなければならない。寂しくても、別れ難くても、必ずこの街から卒業させなければならないと。

静かにそう決心したはずだった。

けれども、本当にそんなことができるのだろうかと、坂下はいつまでも同じところから抜け出せない自分に不安を感じていた。

坂下のもとに警察から連絡が入ったのは、双葉のところを訪れた翌日だった。記者からの被害届が出されたため、任意で事情を聞きたいと言われて警察署へ出向く。

やはり、記者はただで済ませるつもりはないようだ。患者が一番少ない午後二時を過ぎる頃、一人警察署を訪れる。受付に向かうと、廊下の向こうから人相の悪い男が歩いてくるのが見えた。どこかで見た顔だと記憶を辿《たど》り、すぐに思い出す。

「とうとう事件を起こしたようだなぁ」

坂下を迎えたのは、以前、街のホームレスが高校生に襲われた時に応対した男だった。待ってましたとばかりに、横柄な態度で奥から出てくる。記者同様偏見の塊のような人物で、街の住人を敵視しているのは経験上わかっていた。

この男が捜査するとなると、坂下に不利になる可能性が高い。

さすがに記者と手を組んだりはしないだろうが、坂下に対して持つ感情は同じだ。

「記者殴ってケガぁさせて、さすがにあんたら底辺のやることは違うねぇ。そうやって一般の方々にご迷惑をおかけしながら生きてて、恥ずかしくねぇのか」

「もちろん、記者の方には申し訳ないと思っています」

「ほほぅ。一応は悪いと思ってるわけだ。だがな、謝って済むなら警察はいらないんだよ」

「そんなことはわかってます。だからこうして出向いたんです」

「おーおー、威勢がいいねぇ。反省してるとは思えねぇ態度だ」

「おい、やめないか」

　奥からもう一人年配の男が出てきて、柔らかい口調で言った。白髪交じりの初老の男で目つきは優しい。坂下に絡んでいた刑事は、軽く舌打ちして身を引く。とことん絡まれるのを覚悟していた坂下は、胸を撫で下ろした。

「すみませんね、口が悪いもんで。わたしが今回の件を担当します。徳永《とくなが》です」

　地獄に仏という顔をしていたのか、徳永と名乗った刑事はにっこりと笑った。

「坂下です。すみません、今回はご迷惑をおかけして」

「まぁ、詳しく話を聞きますのでこちらへどうぞ」

　促され、徳永について二階へと上っていく。一度来たことのある場所だ。あの頃からまったく変わっていない。

　刑事部屋の奥にある取調室に入ると、ドアから離れた奥の席に座るよう言われ、頭を下げる。

「年末の忙しい時にわざわざすみませんね。届けを出されたら受理しないわけにはいかないんですよ。診断書も揃えてきてるので……こちらとしても捜査しないわけには」

「いえ、当然です。殴ってしまったのは事実ですから」

警察から呼び出しを喰らった時はさすがに肝を冷やしたが、思いのほかその対応は丁寧だった。自分が事件の被疑者であることを忘れそうだ。

事件担当が徳永だったのは、運がよかったのかもしれない。

「じゃあ調書を取りますので、まずお名前をフルネームで」

最初に名前や現住所、職業など確認される。被害届の内容と事実を照らし合わせるためだろう。坂下が記者を殴るにいたった経緯を話すよう求められ、記者と揉めた時のことを思い出しながら詳しく説明を始めた。ときどき、さらに細かなことを聞かれたり確認されたりする。

「先に手を出したのは、あなたのほうで間違いないんですね」

「その時は、殴るつもりはなかったんです。ただ、せっかく診療所に来てくれた人を怒らせるようなことをして、帰してしまったんで。あれは、言葉の暴力です」

「あなたから患者に声をかけてるんですか？　医者の仕事ではないでしょう」

徳永がそう言うのも無理はなかった。担当医が治療に来なくなった患者に病院に来るよう求めることはあれど、自分から患者を捜そうとはしない。

「お金がなくて病院に行こうとしない人が多いんです。我慢して、それで悪化するから……できるだけ早い段階で治療して欲しくて、それで自分から調子が悪そうな人を誘うようにしてます」

「なるほど」

「週刊誌には、生活保護の不正受給の斡旋に関与してるみたいに書かれたりしたけど、もちろんそんなことは……」

「週刊誌の記事にもいろいろありますから。先入観を持って捜査はしませんので、心配は無用です。それから、手の甲を見せてもらえますかな？」

「え？」

「手の甲です」

黙って手を差し出すと、刑事は手を摑んでじっと見てからすぐに放す。

「ふむ。殴ったのは一発で間違いないですね」

「はい」

緊張からか、腹に違和感を覚え、腹部を手で押さえる。

「どうしました？」

「あ、いえ……なんでもありません。ちょっとお腹《なか》が……」

「おい、水を持ってきてくれ」

後ろの席で記録していた警察官が無言で立ち上がり、紙コップを手に戻ってきた。水を飲ませてもらうと少し落ち着いてきて、再びいくつか質問をされて取り調べは無事終了する。

その日はいったん帰らせてもらうこととなり、頭を下げてから取調室を後にした。

「本当にご迷惑をおかけしました」

「また何かありましたら来ていただくことになりますので、その時はお願いします」

「はい。呼び出しがあればすぐに応じるようにします」

一時間ほど前に上ってきた階段を一人で降りていき、警察署を出る。気が抜けたからか、街に戻る道すがら腹痛に襲われた。

「いたたたた……」

徳永は坂下や街の住人を目の仇《かたき》にしているような態度は取らなかったが、この先どうなるのだろうという不安が消えるわけではない。そのせいか、いったん治まった腹部の違和感がまた戻ってくるようだった。なんとか堪え、電車に乗って診療所に戻る。

暗い気分で診療所の扉を開けると、オヤジ連中が待合室で酒盛りをしていた。床に広げているのは、スルメなどのつまみで、すでにカップ酒の空の瓶が積み上がっている。

「また酒盛りですか」

「先生、お帰り〜」

「留守番頼んでおいてなんですけど、いい加減飲みすぎなんじゃないですか」

相変わらずの光景に呆れるが、あまりに普段と変わらない姿に、帰ってきたんだという気分になった。たった数時間、診療所を離れていただけだ。それなのに、いつも見る光景にどこか安堵している。

「警察署で取り調べか。これでハクがついたな！」

「俺らもよくゲンコツ喰らうもんなぁ。警察もとうとう凶暴な先生をほっといたらいかん思うたと違うか～？」

「けど、一発殴っただけで警察が動くなんてなぁ、そんなもんここじゃあ日常茶飯事だってのによぉ！」

元気づけてくれているつもりだろう。待合室に集まっている連中は、お祭り騒ぎで坂下を迎える。不安と自己嫌悪で気持ちは沈みがちだったが、あまり暗い顔ばかりしていられないと、坂下もいつも通り振る舞うよう心がける。

「もう、いつも言ってますけどここは宴会場じゃないんですからね」

「先生がしょっぴかれたんだ。これが飲まずにいられるかい！」

「そうやそうや～」

オヤジ連中が騒ぐ中、斑目が自分をじっと見ていることに坂下は気づいた。心臓がトクンとなり、目を合わせているといたたまれなくなってくる。

「で、何聞かれたんだ？　先生」

「そんなに大したことは……。詳細を聞かれただけで」

昨日は、半日とはいえ急に診療所を休みにしてどこかへ消えるなんておかしいと思っただろうが、何も聞かないでいてくれる。警察署に行く前に一度会っているが、その時も昨日のことには触れないでいてくれた。

そっとしておいてくれているのだ。

「今夜は俺が先生を取り調べてやろうか?」

「な、何言ってるんですか。そういう変なことばかり言ってないでねぇ!」

「そっちのほうが先生らしいぞ」

ニヤリと笑う斑目に呆れつつも思わず笑みが零れるが、顔を覗き込まれてたじろいでしまう。

「なんですか?」

「どうした? 調子悪そうだぞ。熱あるんじゃねぇか?」

さすがに斑目の目を欺《あざむ》くことはできないらしい。腹痛は治まっているが、まだ少し腹の中が気持ち悪く、調子が完全に戻ったとは言えない。この不快感がいつ痛みとなるだろうかという、そんな予感めいた思いがあった。

「そんなことないですよ。診察を再開しますんで、患者さんが来たら診察室に通してくださいね」

額に伸びてきた手をさりげなくかわし、坂下は一人診察室に入っていった。だが、白衣を羽織って椅子に座った途端、また腹痛が襲ってきて両腕で腹を抱える。痛みは腹全体に広がっていき、額には汗が滲んだ。

「いたた……。なんだろ」

机に額をつけた格好で腹を押さえ、痛みが治まるのを待つ。

「……先生？　おい、先生っ！」

「え？　あ、いえ……なんでも……、……ぅ……」

斑目が待合室の出入口のところから見ているのに気づいて上体を起こそうとしたが、さらに痛みが広がった。血の気が引いていくのがわかる。

「ぁ……っく、……痛ぅ……っ」

言いかけた瞬間、何かが弾けた音を聞いた気がして、坂下は腹を押さえた。明らかに先ほどとは違う激痛が走り、苦痛に喘ぐ。

「――痛ぅ……！」

「どうしたんだ、先生！」

「……ぅ……っ、……っく！」

じっとしていれば痛みは治まってくれるかと思ったが、どんどん酷くなっていった。

「おい、先生っ！」

斑目が叫んでいるのがわかるが、大丈夫だと言うことすらできない。腹の中を誰かに掴まれ、ぐちゃぐちゃにかき回されているような痛みだ。内蔵がどうにかなってしまう。

助けてくれと、誰でもいいから助けてくれと必死で願った。

「う……っく、……うう……、……痛い……、……お腹……いた……」

「腹が痛むのか？」

何度も頷くと、横抱きにされて診察台の上に寝かされる。痛みで躰を伸ばすことができず、縮こまったまま痛みに耐えていた。

単に腹を下したわけではないことはわかる。この痛みは、そんなものではない。吐き気もあり、何か内蔵の疾患によるものに違いなく、急性腸炎などの可能性を疑った。

（……なんだ、……これ……）

虫垂炎の可能性もあるが、この痛みから腹膜炎などもっと深刻な状態になっていることも考えられる。

「いつから腹が痛いんだ？」

「……っ、……け、警察署で……、……もっと、前かも……、ぅう……っ」

痛みに耐えようと強く噛み締めるあまり、奥歯がギリと嫌な音を立てた。

痛い。苦しい。

心の中で、それればかりを繰り返す。

「我慢してたのか？　ったく、医者のくせに……」

「だって……すぐに、……っく、……治まると……、……っく」

確かに徴候はあったが、精神的なものからくる腹痛だと思っていた。いや、本当は違うかもしれないとどこかで思っていたが、今は病気になれないという思いから、その可能性を無意識に否定していたのだ。

他人には早めの治療をなんて言っておきながら、いざ自分がそうなると途端にすべきことを忘れる。けれども、診療所を取り囲む今の状況を考えると、自分の躰を一番に考えることなどできなかった。

「ぅう……っ、……あ……っ、……痛ぅ……、……はぁ……っ、……い、痛い……」

「ちょっと触るぞ」

斑目がそう言ってから触診を始めた。

腹部を圧迫して手を放す瞬間に、痛みが走る。これはブルンベルグ徴候と言われ、腹膜の炎症性の刺激によるものだ。

「痛いんだな？　熱も高ぇな。おそらく腹膜炎起こしてやがる。先生、大丈夫か？　今病院に連れてってやる。おい、誰か救急車を呼べ！」

怒鳴るように命令され、街の男が慌てて電話をかける様子が聞こえてくる。

救急車が到着するまでの間、斑目が採血し、白血球値やＣＲＰ値を調べる。エコーなどの機材は年内いっぱいリース契約が続いているため、腹の中の画像も見ることができた。

そうしているうちに救急車が到着し、ストレッチャーで運び出される。

「大丈夫ですかー？」

救急隊員に呼びかけられるが、その頃はろくに答えることができなくなっていた。

「血液検査の数値とエコーの画像をプリントしたものだ」

斑目がメモを差し出し、わかっていることを伝える。

緊急手術という単語が耳に飛び込んできて、坂下は薄れる意識の中で金の心配をしていた。手術代や入院費。民間の入院保険には最低限のものしか入っていないため、たとえ三割負担でも入院が長引けばそれだけ出費は膨らむ。

払えるだろうか。払えたとして、いつ診療所を再開できるだろうか。

坂下には、患者がいる。他の病院には行かずとも、坂下の診療所なら足を運ぼうと思ってくれる人間がいる。切羽詰まってても手持ちの金がないと我慢しがちだが、坂下の診療所なら支払いのことを後回しにして治療できると思う人間がいる。

「ぁ……っく、……はぁ……っ、うぅー……、ぅ……っく、ううっ、……っく！」

痛みは治まるどころか、ますます酷くなり、意識が朦朧《もうろう》としてくる。

街のことを案じていたが、あまりの苦痛に坂下は何よりこの痛みから解放されることだけを願った。

「斑目ぇ」

坂下が運ばれた待合室の長椅子に座り、斑目は手を口の前で組んだままじっと床を睨んでいた。救急車に乗り込んだのは斑目だけだったが、常連の中でも特に坂下を慕っている連中は手術がどこで行われているか聞くなり飛んできたのだ。

情けない声を聞いていると、斑目は自分の不甲斐なさを思い知らされる気がする。

「先生、大丈夫かなぁ」

「俺ら、先生に迷惑かけてばっかりだもんな。きっと心労が祟ったんだよ」

明かりを落としたロビーは、非常口の案内灯がぼんやり浮かんでいた。病院独特の静けさに包まれている。昔、斑目が身を置いていた場所だ。懐かしい。

「斑目ぇ、黙りこくってどうしたんだよぅ」

声をかけられても、すぐに返事をせず、ただ目の前の床をじっと睨んでいた。そして、不意に口を開く。

「俺が待ってるから、お前らは帰れ」

「えー、でもよぉ」

「心配だよなぁ」

「いいから帰れ。お前らが雁首揃えてここで待ってたって、なんの役にも立たねぇし、逆に迷惑だ。先生が後で病院から文句言われてもいいのか？」

「そうかぁ。それなら……なぁ」

常連たちは後ろ髪引かれる思いをしていたようだが、さすがに坂下に迷惑がかかるのはいけないと思ったのか、諦めてぞろぞろと帰っていった。一人になると、再び同じ体勢で床を睨む。そして、自分の言葉を思い出して鼻で嗤った。

ここにいてもなんの役にも立たないのは、自分も同じだ——自虐的な思いに、なんとも言えない悔しさが込み上げてくる。

坂下は、壊疽性の虫垂炎で腹膜炎を起こしていた。触診した時に嫌な予感がしていたが、その症状はかなり悪かった。医師であることを辞めたのは自らが決めたことだが、こうなるまで坂下の異変に気づかなかったことは、斑目にとって自分を責める理由以外の何ものでもなかった。

自分がまともな医師なら、坂下を手術してやれただろう。診療所の設備では、あの程度のことしかできない。しかも、緊急を要する手術で準備もできていないとなると、こうして誰か別の医師に委ねるしかないのだ。どんな処置をすればいいかなんてわかっていたのに、苦しんでいる坂下を見ながら救急車が到着するのを待つことしかできなかった。

その事実を噛み締めていると、通用口のほうから薄暗い廊下を急ぎ足でこちらに向かってくる人影が現れる。あんなに言ったのに心配で戻ってきたのかと立ち上がるが、その姿を見て自分の目を疑った。

「斑目さん！」

「双葉か」

まさかと思うが、双葉が近づいてくる。心配そうな顔をして真っすぐに向かってくる姿を見て、偶然この病院に来たわけではないとわかる。明らかに、坂下のことを知っていて駆けつけた。

「診療所に電話したら、先生が救急車で運ばれたって聞いて……」

診療所のほうにも坂下を心配して帰れずにいる連中がいるのかと、坂下の人望の厚さを見せられた気がした。あの街に集まる人間は過去を探られたくない者が多いのもあり、自分も積極的に他人との繋がりを持とうとはしない。誰かが病院に運ばれたからといって、宿に帰らないで待っているなんて関係性ができることなど、坂下が来るまでは絶対になかった。

「先生どう？」

「今手術中だ。虫垂炎を悪化させた」

「虫垂炎って盲腸っすよね？」

「ああ。だが壊疽性で腹膜炎も併発してる。ずっと我慢してたんだろう。ったく、街の連中には早めに病院に行けなんて言っておきながら、自分のこととなるとこれだ」

斑目の言葉に双葉は軽く笑い、とりあえず座ろうと目で合図して腰を下ろす。

写真で見ていたとはいえ、髪を短くした双葉の姿は街で自由気ままに生きていた頃とは違った。時間に縛られ、会社という組織に属している。不自由になったことも制約されることも多くなっただろう。だが、護るものができた。

双葉の様子から、充実した毎日を送っているとわかる。

「実は診療所に電話したのはさ、昨日、先生が俺んとこ来たからなんだ」

「先生が？」

「うん。本当は俺に黙って帰るつもりだったみたいっす。なんか物陰からこそこそ覗いてんだもん。バレバレなんだけど、そういうとこ可愛いっすよね」

双葉は、思い出したように笑った。坂下は、相手が男でもこんな顔をさせることができる。坂下の人間的な魅力が、そうさせる。

「だから、俺から声かけたんだけど、いろいろ悩んでたみたいだからちょっと心配になって、それで今日電話したんっすよ。そしたら救急車で運ばれたって聞いてびっくりしちゃって」

「そうだったのか」

急に半日休んでどこに行ったかと思えば双葉のところだったかと、己の頼りなさをより深く思い知らされた気がして情けなくなった。嫉妬より悪い。この感情は単に男としてではなく、人として、友人として坂下を支えられなかった不甲斐ない自分への気持ちだ。

「『夢の絆』の事件があった時もさ、テレビで見た瞬間飛んでいこうと思ったんっすよ。でも、俺はパパだからね、我慢したんだ。けど、さすがに先生が倒れたって聞いたら、いてもたってもいられなかった。駄目なパパっすよね」

「そんなことはないさ」

双葉が駄目なのではなく、それだけ坂下は特別ということだ。恩がある。

双葉の様子を覗き見に行くなんて、さぞかし思い悩んでいたんだろうと思い、そうさせてしまった事実を自分の中に刻む。

決して忘れてはならないこととして、斑目の中にずっと残るだろう。

「幸せですかって聞かれた」

「そうか」

「幸せだって言ったよ。だって、本当に幸せなんだ。洋に少しずつ近づいていくのが楽しくて、いつか洋と二人で暮らすっていう目標もできて……先生のおかげだ」

斑目は難しい顔のまま、口許だけで笑った。

坂下がこの街に来たばかりの頃は、世間知らずの甘ったれがこの街の男たちを変えられるなんて思っていなかった。何もできないと思っていた。坂下のしていることを『偽善事業』なんて揶揄し、実際にそう思っていた。

けれども、斑目の予想は大きく外れたのである。

本当の惨めさや人間の汚さをなど知らないようなお坊ちゃん育ちのくせに、根性は人一倍で診療所に降りかかるいろいろな問題を乗り越え、問題を抱える男たちのそれも解決してきた。単に医師としてではなく、人として街の男たちを助けてきた。

　そして、斑目も……。

　自分の犯した間違いを、過去を直視できるようになったのは坂下のおかげだ。美濃島の弟を見殺しにした過去から目を背けず、背負って生きていくと思えたのは坂下が一緒に抱えてくれるとわかったからだ。その覚悟を坂下に感じ、ようやく向き合う勇気を持つことができた。

　我ながら反吐《へど》が出るような過去を知ってもなお、好きだと言ってくれる坂下という存在が、自分を強くしてくれると感じた。

「先生、大丈夫っすよね」

　答えなかったのは、そう信じていいという確信が持てなかったからだ。手術のことではない。斑目の胸には今、自分の存在が坂下を駄目にするのではないかという疑問が生まれていた。あの時、行かないでくれと縋ってこられた時、側にいると約束して本当によかったのだろうかと問い始めている。

　どのくらい待っていただろうか、手術中のランプが消えたかと思うとドアが開いて中から看護師が出てきた。さらに執刀医が姿を現し、斑目たちのもとへ近づいてくる。

「ご家族ですか？」

「いえ、俺らは友人です。家族は連絡がすぐにつけられないので、その代わりに。それで手術は？」

「無事成功しました。まだ麻酔が解けていませんが。今出てきますよ」

運び出される坂下を見て、胸が痛くなった。こんな姿を見ることになるなんて、自分がついていながら何をしていたんだろうと顔をしかめる。

「手続きに関することは、看護師のほうから後で説明を聞いてください。病状についてと今回の手術に関しては、ご本人がお目覚めになったらわたしのほうから説明しますので」

医師が頭を下げて立ち去ると、双葉は安心したように軽く息をついた。

「じゃあ、斑目さん。俺もう帰るよ」

「会ってかないのか？」

「うん。俺に心配かけたって自分を責めそうだし、俺が来たことも内緒にしといて。先生の顔を見られただけで十分っす。それに、明日も仕事だし」

「そうか。お前はもう父親だからな」

「そうっすよ～。責任あるからね、がんばらなきゃ」

双葉はそう言って「じゃ！」と笑顔で軽く手を挙げ、帰っていった。満面の笑みで帰っていったのは、斑目を元気づけようとしてくれているのだろう。

ああいうところは変わらない。

「情けねぇな」

片手で頭をがしがしとかき回し、小さく吐き捨てた。後悔とともに斑目は今、自分の考えに大きな間違いがあると気づき始めている。

側にいてやりたいと思っていた。側にいて、精神的な支えになりたいと思い、そうすると決めていた。だが、側にいるだけが自分にできることなのか。側にいることだけが、心の支えになることとなのだろうか。それが、本当に坂下のためなのか。

にわかに湧き上がった疑問は、斑目の心に迷いを起こしていた。

思うのは、自分の将来――つまりは、坂下の将来に関することだ。

今はいい。まだ働ける。無理が利く健康な躰で体力もある。だが、これから先、二十年、三十年と経った時、安定した生活を手にせずに歳を重ねた斑目を見た坂下が、自分を責めることになりはしないか。

自分の人生だ。好き勝手生きたぶん、その代償は払うつもりだった。喰うに困るようになろうが、のたれ死のうが、構わなかった。

だが、坂下はそれでいいと思うだろうか。身勝手に生きた人間の行く末だと納得してくれるだろうか。いや、するはずがない。

街の人間が辛い思いをするたび、坂下も自分のことのように顔をしかめる。何度注意しても聞かない人間が、自分のしたことの代償を支払うのは当然のことだが、坂下はそんなふうに割り切り、切り捨てられるような人間ではないのはわかっていた。

誰の責任かなんて関係ない。坂下は、救いたいのだ。弱い人間だろうがずぼらでいい加減な人間だろうが、医療の現場では他の人間と同じように救われるべきだと思っている。今でもおっちゃんのお守りを大事に首から提げている坂下は、無駄に真面目で、そんなふうにしか考えられない。

だから、惚れた。だから、こんなにも強く、深く、愛してしまった。

長い目で人生を見つめた時、このまま坂下の側にいることが坂下のためになるとは思えなくなった。わかったのだ。自分の間違いにようやく気づいた。

目が曇っていた。いや、少し違う。側にいたいあまり、坂下のためだと思い込んで自分の望みを押し通してきた。それがこの結果だ。

いずれ坂下が自分を責める時が来るとわかっていても、側にいて支えてやるなんて言うのか。恋人なら、自分の人生を含めて坂下の人生を考えるべきだったのだ。

「馬鹿だよ俺は……」

今頃気づいたのかと、そこまで何も見えなくなるほどこの恋に夢中だったのかと、斑目は鼻で嗤った。

目を覚まして一番に飛び込んできたのは、病院の白い天井だった。いつもとは違う目覚めに、しばらくぼんやりする。そして、強烈な腹痛に襲われて病院に運ばれたことを思い出した。人の気配を感じてそちらを向くと、窓の外を見ていた斑目が気づいて近寄ってくる。

「よぉ、目ぇ覚ましたか?」

「斑目さん……」

「可愛い寝顔をたっぷり堪能させてもらった」

斑目はベッドの横に置かれた椅子に腰を下ろした。ずっと側にいてくれたのだろう。空のペットボトルがサイドテーブルの上に置いてあった。しかも外はもう真っ暗で、あれから何時間も経っているとわかる。

「平気か?」

「はい。あの……俺は……」

「壊疽《えそ》性の虫垂炎だ。腹膜炎を起こしてやがったぞ。どうしてあんなになるまで放っておいたんだ。このアホウ。先生は本当に間抜けだな。街の連中のことばっかり考えて、自分のことはおざなりだ。なんで自分を大事にしないんだか」

斑目の悪態が、心地好かった。心配してくれているからこそ、滅茶苦茶に言う。もし、逆の立場だったら、自分も同じように斑目を叱っただろう。

まだ麻酔が効いているのか、頭が少しぼんやりしていて靄《もや》がかかっているようだ。

「開腹手術しねぇといけねぇほど、進行してたんだぞ。かなり悪い状態だった」

「斑目さんが、手術……して、くれたんですか？」

「んなわけあるか。この病院の医者だよ」

言われて初めてそんなはずはないと気づき、馬鹿なことを言ったと嗤った。

斑目が処置してくれたことを覚えていたから、手術までしてもらったなんて咄嗟に思ってしまったようだ。採血してもらい、エコーで腹部を診てもらった。あの後救急隊員に声をかけられたのを思い出す。

「そうですよね。どうして、斑目さんがしたって……思ったんだろ。はは……、……痛ぅ」

「大丈夫か？」

「はい、すみません」

開腹手術後の躰は体力を消耗しているらしく、躰がだるかった。

「先生」

斑目の手が伸びてきて、前髪を優しく梳かれる。無骨な手なのに、斑目のそれはどうしてこうも温かくて落ち着くのだろうと思う。ずっと触れていて欲しくなる。けれども、それはただ寄りかかっていたいという気持ちとは違った。この大きくて無骨で優しい手に身を委ねたいという気持ち以上に、自分の足で立っていたいという思いがある。

た。こういうことが起きるから、あれほど街の男たちには早めに見せに来いと言っているのだ。

わかっていたのに、自分のことになるとこれだ。情けない。

「早く、退院しなきゃ」

「今はそんなこと考えるな。躰を治すことだけに専念しろ」

「そうですね」

しばらくすると病室のドアがノックされ、看護師が入ってくる。

「坂下さーん。目は覚まされましたかー？　ああ、起きられたようですね。気分はどうですか？　吐き気や目眩など感じないですか？」

「はい、平気です」

「結構大変な手術だったみたいですよ。虫垂が破裂しちゃって……」

三十代半ばだろうか。明るい感じのふくよかな女性で、笑顔の似合う優しい印象の看護師だった。診療所に彼女のような看護師がいたら、街の連中はきっと喜ぶだろうなんて考える。

こんな時でも、街のことは頭から離れない。

「今日はこのままお休みになってくださいね。点滴で水分と栄養は入れてますので、食事は摂《と》らなくても大丈夫です。しばらく点滴で過ごした後、消化のいい食事から徐々に戻していきますから。あ……っと、そういえばお医者様でしたよね。細かい説明はしなくてもおわかりですねー」

「大体のことは……」

「じゃあ、術後の過ごし方もご存じですよね。あんな状態になるまで放っておかれるなんて、いけませんよ。患者さんのことだけじゃなく、ご自分のことも大事にしないと」

いつも説教をする立場の自分が、説教をされるのは妙な気分だった。この様子を見ている斑目の目が笑っている。

ほらみろ、とばかりに、叱られる坂下を楽しげに見ているのだ。

「この先生は自分のことは二の次だからな。世のため患者のため。ったく、先生はドMなんじゃねぇかって思うよ」

「あら、ご友人にそういうことを言われるくらいなら、ちょっと改めていただかなきゃいけませんね」

「しっかり休むよう看護師さんからも言ってください。この機会にゆっくり休めって」

「わかりました。しっかり養生してもらいますよ。退院すると無理されそうですし」

彼女の言葉に安堵したのか、斑目がゆっくりと椅子から立ち上がる。

「俺はそろそろ帰るよ。看護師さん、先生を頼みます」

「はい。お任せください」

「あ、斑目さん」

呼び止められて振り返る斑目を見て、なぜか胸が締めつけられた。

側にいると、約束させてしまった。引き留めてしまった。少しでも早く、訂正しなければと思う。けれども、切り出せない。

「実はリース契約が年内までで……メーカーの方から連絡が入ることになってます。多分、年明け早々引き上げられると思うんですけど」

「わかったそっちは俺が対応しておく。じゃあな、先生」

斑目は、軽く手を挙げて帰っていった。その背中がドアの向こうに消えると、看護師が点滴の輸液が落ちる速度を調整しているのをじっと眺める。

言えなかった。

その事実が、坂下の胸に重くのしかかる。

そして、ここでこうしていなければならないことも憂鬱《ゆううつ》だった。いくら彼女のように明るくて優しい看護師が坂下の担当でも、金の心配が消えるわけではない。

「あの……退院はいつになりますか？」

さっき斑目に聞いたばかりだというのに、坂下は同じ質問を看護師にぶつけていた。どうせ斑目が言ったのと同じ答えしか返ってこないとわかっているが、聞かずにはいられなかった。それだけ焦っているのだろう。

「あら、もうそんなことを聞いて、さっきの人に怒られますよ」

「診療所には、俺以外医者も看護師もいないんで……」

同じ医療に従事する立場の人間として、坂下の気持ちはわかるのだろう。困った顔をしながらも、その希望を少しでも聞き入れようとする。

「そうですね。先生と相談して、できるだけ早く退院できるようにしましょう。でも、本当にかなり悪い状態だったんですよ。退院することばかり考えないで、躰の回復を一番にね」

「俺は医者だし、ある程度回復したら、早めに退院しても術後の経過はわかります。自分で管理しますから、できるだけ早く退院したいんです」

さすがにこの言葉は聞き流すことができなかったようで、今度は少し厳しい口調になった。

「お医者様だからこそ信用できません。医者の不養生って言うでしょう？　ご自分ではお気づきにならなくても、お医者様は知識があるぶん大丈夫だと無理されるんですよ。そういった方は、今までたくさん見てきました。患者という立場になった時くらいは、おとなしく言うことを聞いて自分の躰の心配をしてください」

ぴしゃりと言われ、それ以上何も言えずに引き下がる。

それから一時間ほどして消灯時間になると、坂下はそのまま目を閉じた。しかし、なかなか睡魔は降りてこず、逆に頭が冴《さ》えてくる。

躰はだるいのになかなか寝つけないのは、麻酔が完全に切れたというのもあるだろうが、それだけではない。斑目のこと、街のこと、リース契約を更新できなかった医療機器をどうするかという問題、入院費の支払い、記者に被害届を出された件がこれからどうなるのか、医師免許停止の可能性はどのくらいあるのか。

考えることが山ほどあって、頭の中はぐちゃぐちゃだった。

もし、このまま診療所を再開できない事態になったらどうしたらいいのだろうなんて考えてしまう。あの診療所をたたまなければいけない事態になったら、どうしようと。

一人病室の天井を見ていると、情けなくてどうしようもなくなり、涙が出た。

「ぅ……っ、……ぅう……っく」

辞めたいなんて弱音を吐いたことを、激しく後悔した。

どんなことになろうとも、あの診療所を護りたいと思っていたはずだ。労働者たちのいるあの街で、ずっと医師を続けたい。金のあるなしにかかわらず、必要な人が医療を受けられるよう、少しでも自分の力を使いたい。そして、人の役に立ちたい——それが、両親の反対を押し切り、ほとんど絶縁状態になってでもやりたかったことではなかったのか。

なぜ、一瞬でも辞めたいだなんて思ったのか。

これまでも、心ない人間により酷い仕打ちを受けたことはある。そんなことは気にしてこなかった。言いたい人間には、言わせておけというふてぶてしさがあった。

それなのに、斑目が街を卒業するかもしれないという事態に直面し、弱さが露呈した。治療代を踏み倒されたくらいでメソメソし、世の中で自分が一番不幸な人間のような顔をして、自分を憐れんでいたことが恥ずかしい。

「俺は……どうして……っ、……っく、……どうして……っ」

病室に漏れる嗚咽《おえつ》を聞いていると、自分がいかに甘ったれなのかがよくわかる。

こんなことになったのは、診療所を辞めたいなんて弱音を吐いたからだ。自分のために、斑目を引き留めることを口にしてしまったからだ。

バチが当たったとしか思えない。

失って初めてその大切さに気づくなんてよくあることだが、失いそうにならなければわからないのかと、馬鹿な自分を責める。どれほど大事にしてきたのか、一番よく知っているのは自分だったはずだ。

（嫌だ、そんなのは……嫌だ……）

明かりを落とした一人の病室で、坂下は心の中で何度もそう繰り返していた。

入院生活四日目にもなると、躰も随分と回復し、病院内を歩けるまでになった。病室も四人部屋に移り、今朝から粥《かゆ》などの流動食が出るようになって経過も順調だと言われていた。

そのぶん、もう退院できるだろうという思いが強くなり、もどかしさが積もっていく。

その日、坂下はじっとしていることに耐えられず、起き上がって売店に向かった。病院内の売店という場所なだけに静かだが、入院患者や見舞いの人たちが頻繁に出入りしている。

坂下は茶とタオルを一枚手に取り、他に足りないものはないかと、ゆっくり歩きながら見て回った。そう広くはないが、入院するのに必要な身の回りの品から菓子類など、置いてある品物の種類は豊富だ。

（あ……）

ふと、雑誌コーナーのところに置いてある週刊誌に目が留まった。以前に診療所の常連が持ってきたのと同じ雑誌だ。『夢の絆』の事件を発端に、生活保護の不正受給についての記事をシリーズで掲載している。シリーズはまだ続いているようで、同じタイトルの見出しが表紙を飾っていた。

坂下は雑誌を手に取り、レジへ向かった。支払いを済ませ、病室へ急ぐ。

どうせ酷いことしか書かれていないだろう。気分が悪くなるだけで、こんなものは見ないほうがいいのかもしれないと思ったが、街のことについての記事だ。どんな嘘が書かれているのか、事実と異なることで批判を受けるようなことを書かれていないか、気にしないでいられるほど強くはない。投石などの被害を受けた坂下にとって、その内容は無視できるものではなかった。

病室に戻るとさっそくカーテンを閉めてベッドに座り、ページをめくる。

記事を目で追う坂下の表情はすぐに険しくなった。

「なんだ、これ……」

思っていた以上に、酷い書かれようだった。

坂下の診療所の写真が掲載され、診療所とは名ばかりの設備で、まるで坂下が労働者から無駄な治療費を取っているかのように書かれている。その標的が街全体に対するものから、坂下個人へと向けられているのは明らかだ。

しかも、この記事のシリーズを担当している記者を殴った暴力医師という批判も含まれていた。診断書の内容まで、掲載されている。

頬骨の骨折。瞼《まぶた》の上には裂傷。複数回殴られた痕《あと》が、躰の数カ所に残っている。

(これを書いていたのは、あの男だったのか)

やられたと思った。

警察に事情聴取されて被疑者という立場になったことは事実だが、それを上手く利用していた。嘘は書いていないが、この記事を読んだ人間が抱く印象は実際のものと大きくかけ離れるだろう。

しかも、手を出したことに間違いはないが、一発殴っただけだ。もちろん許されることではないが、これほどのケガを負わせるほど殴っていない。警察で殴った回数を確認されたのは、記者の言い分と違っていたからだろう。もしかしたら、後で誰かに自分を殴らせて病院に向かったのかもしれない。

もし、記者の言い分が正しいと認められれば、おそらく坂下は罰金以上の刑事罰を受けることになるだろう。

つまり、医師免許停止の処分が待っている。

（こんな嘘の記事……）

週刊誌を持つ手に、力が入った。高笑いする記者の顔が浮かび、悔しさでどうにかなりそうだった。そして何より、あの記者にこんな記事を書かせる隙を与えた自分の愚かさが歯痒《はがゆ》くてならなかった。

たとえどんなことを言われても、耐えるべきだった。記者など無視して高橋を追い、再び診療所に来るよう説得すべきだった。怒りに任せてあんなことをし、自分が窮地に立たされれば、いったい誰が彼の躰を気遣ってやれるだろう。誰が街の労働者の、ホームレスの健康に気を配ってやれるだろう。

そう思うと、よりいっそう診療所を続けたいという思いが強くなる。

絶対に、手放したくない。

こうして離れてみて、やっとわかった。自分がしたかったこと。自分が目標に掲げてきたこと。どうしてそんな簡単なことを見失っていたのか——。

（帰らなきゃ……）

坂下は何かに駆り立てられるように、着替え始めた。

入院なんかしている場合ではない。街のみんなが待っている。自分のことを必要としてくれている。手術も成功し、これ以上ここにいる必要はない。躰も大丈夫だ。もう、治った。

「お兄さん、退院かい？」

「ええ」

隣のベッドの男に声をかけられ、逃げるようにそこを後にする。

焦りが、坂下の心を街へと向かわせていた。一刻も早く帰らねばという気持ちのまま病室を出ると、一階の精算所に直行する。

「入院費の精算をしたいんですけど」

「はい。お調べします」

名前と住所を確認すると、担当の女性はパソコンを操作した。

「精算ですか？　まだ退院のご予定では……」

「現時点での金額を知りたいんです。手術代と今日までの入院費を支払っておきたいんです。途中精算もできますよね」

「ええ、それは構いませんけど。少々お待ちください」

坂下が勝手に退院しようとしているなどと想像もしていないようで、彼女は再びキーボードをカタカタと鳴らし、手術代と今日までの入院費を提示した。滅多に使わないカードで支払い、すぐに立ち去る。

途中何人かの看護師とすれ違ったが、大きな病院だったため入院患者とバレずにやり過ごした。タクシーは使わず、公共の乗り物を使って街へと戻る。運ばれた時のままの格好で上着を持っておらず、寒い思いもしたが、なんとか診療所に辿り着いた。

「俺の居場所……」

夕日が当たって出入口のガラスが、オレンジ色に燃えているように見えた。建物はオンボロで時代を感じさせる外観だが、何よりも大事にしたい場所だ。

坂下は建物の中に入ると、診察室のドアを開けその様子を自分の目に焼きつけた。

入院中にリース契約が切れたものは、すでに引き取りをされていた。狭い診療所なのにガランとした印象になるのは、いつもあったものがそこにないからだろう。荷物を床に置き、持ち帰った週刊誌を取り出してじっと眺め、こんな記事には負けないとそれを机の上に置いて待合室の掃除を始める。残っている機材は少ないが、できる範囲で再開したい。

準備を終えたところで、人が入ってくる音がした。

「何やってんだ、先生。先生の姿を見たって聞いてまさかと思ったが、本当にいるとはな。何考えてる」

やはり斑目だったかと、ある程度予想していたことに落ち着いた態度で言う。

「何って、戻ってきたんですよ。いつまでも診療所を閉めたままにしておくわけにはいきませんから」

「病人が何やってる」

「もう病人じゃないですよ。治りました」

「治った？　担当医に退院していいって言われたのか？」

「言われてません。でも俺も医者ですから、自分が退院していい状態まで回復したことはわかります」

「じゃあなんで先生の担当医はいつまでも先生を入院させてるんだ？　自分が筋の通らねぇこと言ってることくらい、わかってんだろうが」

斑目の指摘に、坂下は何も言い返せなかった。本当はわかっている。退院できると太鼓判を押されるほどは、回復していない。だが、これ以上病室でじっとしていることなどできそうになかった。

「病院に戻れ、先生」

「嫌です」

「そんな調子で患者なんか診られんのか？　無理だろうが」

「大丈夫ですよ。もう病院には戻りません！」

伸びてきた手をはねのけた瞬間、机の上から雑誌が滑り落ちた。斑目はそれを拾い上げたが、中身は見なかった。表紙の見出しが見えるように、坂下に差し出して静かに言う。

「これを見て焦ったのか？」

その口調から、斑目も知っていたとわかった。それならなおさら自分の気持ちはわかるだろうと思うが、注がれる視線にはこうして病院を抜け出してきた坂下に対する非難の色が浮かんでいる。

「あの記者はこの記事を書くために、警察に駆け込んだんです。診断書も……俺はここまでしてません。こんなケガを負わせるほど殴ったりなんか……」

「ああ。上手く利用されたな。だが、それと先生が担当医に無断で病院から戻ってきたのとは、どう関係するんだ？」

答えられないでいると、腕を掴まれて力ずくで病院に連れ戻されそうになる。必死で抵抗するが、力では敵《かな》わない。こんな些細《ささい》なことに、坂下は感情的になっていた。

「放してください……っ！」

「そう言われて俺が放すと思ってんのか？　何を焦ってるんだ？」

自分が不甲斐なく、悔しくて涙が出る。

「俺が……俺が、診療所なんて……辞めたいって思ったから……」

こんな自分を知られるのは情けないが、言わずにいられなかった。こうなったのは自分のせいだと、誰かに訴えなければ気が収まらない。

「俺は……理想ばっかり、高くて……自分では何もできなくて……っ、それでもがんばってきたのに……、マスコミに叩かれたくらいで辞めたいなんて思ったから……。俺が街のみんなを見捨てたから……だから、病気なんかに……っ」

「見捨てたわけじゃねぇだろう。弱音くらい誰だって吐く」

「でも辞めたいなんて……今まで一度も考えたことはなかったのに、本気で辞めたいって思ったんです。愚痴程度じゃない。本当に、本気で辞めたいって」

「先生……」

坂下は、あの時の気持ちを思い出していた。もう無理だと、本気で思った。続けられないと。斑目に「じゃあ、辞めるか」と聞かれ、そんな選択肢もあることに気づいて衝撃を受けた。そんなことはできないとすぐに答えたが、あの時、正直心は揺らいでいた。

自分だけが知っている事実だ。

だから、こんなことになったのだと思っている。いらないのなら、奪っていいんだぞという神様からの警告のようにも思えるのだ。大事にできないのなら、お前のような男にこの街をくれてやるわけにはいかないと……。

「悪かった。俺があんなことを言ったから余計に悩ませちまって。だが先生は、街を見捨てようとはしなかっただろうが」

その言葉に、坂下は強く首を横に振った。

「違うんです。あの時……俺は揺らいでたんです。できないって咄嗟に答えただけで、本当は揺らいでました。斑目さんと二人で生きていくってことに、心を動かされてました」

こんな自分は知られたくなかったが、隠してもおけなかった。

自分の罪を告白しないと、今にもこの手から零れ落ちてなくなってしまいそうだ。大事にしてきたものが、この瞬間、目の前から消えてしまいそうで怖い。

「でも……やっぱり続けたい。……失いかけて、やっとわかったんです。やっぱり……俺は診療所を続けたいって……。役に立たなくても……俺がやりたかったのは、困ってる患者さんを助けることだったのに……っ」

最後は、叫ぶように訴えていた。これが、これまで散々偉そうに理想を並べてきた自分の本当の姿だ。知って軽蔑されるのなら、それも仕方のないことだと思う。

「揺らいじゃ悪いのか？」

静かに問われ、坂下は息を呑んだ。その視線は真剣そのもので、息が詰まりそうになる。

「揺らいじゃ駄目なのかって聞いてるんだ、先生」

「だって……」

「俺は嬉しいぞ。あんなこと言って混乱させたことは悪いと思ってるが、それでも俺は先生が一瞬でもこの街を出て俺と二人で生きていくことに心揺らいだのは、嬉しいよ。そんな俺を軽蔑するか？」

坂下は力一杯顔を横に振った。すると、斑目はふと笑みを浮かべて表情を和らげる。こんなみっともない告白をしたというのに、どうしてそんな顔で自分を見ているのだろうと思った。

「先生。弱さがあるから人の辛さも理解できるんだって、思わねぇか。酒ばっかり飲んでふらふらしてる連中にも優しくできるのは、先生が弱さを持ってるからだよ。だから、弱い奴らのことも理解できる」

弱さを持っているから、弱い人間のことも理解できる。

その言葉は、坂下の心に深く突き刺さった。そして、坂下をがんじがらめにしていたある思いを、少しずつ解いていく。

「先生も知ってるだろうが、この街の連中は自分の人生から逃げ出してきた奴も多い。だが、一回くらい間違いを犯したからって、そいつが駄目な人間だと決めつけるのか？」

「そんなこと……っ」

「そうだよ。違うんだろう。違うから、先生はここに流れ着く連中を応援してやれるんだろうが。それは先生も同じだ。たった一回逃げ出しそうになったくらいで、先生がこれまでしてきたことは消えたりしないんだよ」

「う……っく、……斑目さん……っ」

涙が溢れた。

斑目の言葉は、これまで坂下を苦しめてきた自責の念から解放してくれるものだった。

弱くてくじけそうになっても、最後にちゃんと自分の足で立ち上がり、再び歩き出す力を持っていればいい。取り返しはつく——他人に対してそう言うことはできても、この街から逃げようとした自分に対してそう思うことはできなかった。

けれども、本気で逃げ出したくなったと聞いてもなお、それでいいと斑目に言ってもらえたことが、坂下に自分を許す勇気を与えたのかもしれない。

「俺は……、……俺は……っ」

言葉にできず泣き崩れると、腕を取って引き寄せられ、優しく抱き締められる。

「弱さを見せてもらえてよかったよ。ちゃんと病院に戻るな」

「……はい」

斑目の抱擁に、弱っていた心が少しずつ快方していくのを感じた。

斑目に話したからか、気持ちの整理が少しだけできた。自分の本当の気持ちがわかった。やはり、街を捨てられない。あの診療所を辞めたくはない。確かに、弱音を吐いた。辞めたいとも思った。本気で逃げ出したくなった。強いと自負しているわけではなく、甘ったれだという自覚もあったが、ここまで情けないとは思っていなかった。

けれども、それがわかっただけでもいい。

退院できたのは年が明けてからで、坂下が戻る頃には正月気分も抜けていた。診療所に集まる連中は、酒を飲む理由に『新年』という言葉を使うくらいで、すっかり日常に戻っている。

そんな中、坂下は一日だけ診療所を休んで実家に向かっていた。父親に電話をかけて会う約束をしたのは、退院した直後のことだ。最後に会ったのはフサが診療所に遊びに来た時で、あれから一度も話をしていない。母親や二人の兄にいたっては、もっとだ。

今さらなんの用だと言われる覚悟をしていた坂下は、あっさりと実家に帰る許可を得られたことに驚きを感じつつも、懐かしい風景を眺めながら駅からの道を歩いていく。

ビルトインガレージのある大きな家が、坂下の実家だ。母親の趣味で定期的に庭師を入れるローズガーデンは薔薇《ばら》の休眠期で今は寒々としているが、天然石のバードバスや天使などの石像が飾られているからか、趣がある。

チャイムを鳴らすと、一番に出てきたのはフサだった。

「晴紀。晴紀ね！」

「ばーちゃん！」

久し振りに会うフサと抱き合い、再会を喜ぶ。満面の笑みで迎えてくれる大好きなフサを見て、子供の頃のように胸が躍った。フサも坂下が帰ってくると聞いて、楽しみに待ってい

診療所を続けるためなら、なんだってする。

しばらく何も言われなかったが、坂下は根気強く父親の言葉を待った。息子の無様な姿を見てどう思っているのか。何かを見定めるように沈黙を貫いていたが、静かに聞かれる。

「どうして素直にならんかった?」

来るだろうと思っていた言葉に、坂下は軽く息を吸って正直な気持ちを答えた。

「意地を張ってた。プライドを捨てられなくて、自分一人でできると思い込んでた。でも、俺は無力で馬鹿な世間知らずだってわかった」

「今はプライドを捨てられるというのか。都合がいい時に捨てられるプライドか。便利なものだな」

手厳しい言葉だが、そう言われても仕方がない。

「なんて言われてもいいよ。父さんの言ってることは当たってる。でもお願いだ、父さん!力を貸してくれ! 父さんの思い通りには生きられないけど、それでもこうして頼むしかないんだ!」

坂下は、テーブルに手をついて頭を下げた。反応はなく、ただじっと見られているのがわかる。

その時、廊下のほうで足音がしたかと思うと、ドアが少し開いた。部屋の中を覗いたのは、メガネをした堅い雰囲気の男だ。襟足を短く刈り込んだヘアスタイルで、背は坂下より少し高い。かつて、父とともに坂下の考えを真っ向から否定した。

坂下大紀《だいき》。

坂下家の長男で、今は父親の病院で外科医として働いている。大紀は、昔からそうだったように感情などなさそうな冷たい口調で言った。

「どうせこんなことだろうと思ってたよ」

「兄さん」

「土下座せんばかりに頼み込んで、みっともない。あんなデカい口叩いて出ていったのに、情けないったらありゃしないね」

坂下のやり方をよしとしない大紀が、そう言うのも当然だ。蔑《さげす》まれても仕方がない。口ばかり達者で、大きなことを言って、結局実家を頼らなければならない事態に陥ってしまったのだから。

どんな辛辣《しんらつ》な言葉も受けると覚悟をし、次の言葉をじっと待つ。

「お前が週刊誌で叩かれると、うちも迷惑なんだよ。今はまだうちの病院まで叩かれてはないけど、そのうちこっちまで探られる」

「……ごめん」

「お前は家を出て関係を絶ったつもりでも、世間はそう見てくれないんだからな」

謝るしかなかった。どんな弁解の言葉も見つからない。しかし、大紀は溜め息を漏らし、予想だにしなかった言葉を放った。

「助けてやれよ、父さん」

坂下は、自分の耳を疑った。顔を上げて大紀を見るが、相変わらず冷たい視線のままだ。とても今の言葉を放ったとは思えない。

けれども、今のが聞き違いでなかったというように、さらに信じられない言葉が大紀の口から飛び出す。

「こんな弟でも弟だからさ、俺からも頼むよ。父さんの力を貸してやって」

坂下は、呆然《ぼうぜん》と大紀を見上げた。

(どうして……?)

大紀は、三人の兄弟の中で一番父親の考えに近い人間だった。

父親の敷いたレールの上をひた走り、父親の考えに染まり、父親と一緒に一番下の弟の考えをことごとく否定してきた。徹底した合理的な考えの持ち主で、きれい事を言う人間が一番嫌いだとも言っていた。

いっそ気持ちいいくらい利益主義を貫いており、患者を選ぶことも厭《いと》わない。

今さら何しに来たと責めるのが、今まで坂下が抱いていた兄の印象だった。少なくとも、自分の味方をしてくれるとは思っていなかった。

驚きを隠せない坂下を見て、どう思ったのか。ニコリともせずこう続ける。

「みんなお前を心配してるんだぞ。お前さ、俺たちがどんだけ冷酷な人間と思ってるんだ？家族だぞ」

家族——その言葉に坂下は衝撃を受けた。

考え方はまったく違っていても、家族であることに変わりはない。まさか、この兄から聞かされるとは思っていなかった。

坂下の考えに猛反対した大紀とは、医療に関する考え方はこれからも一生交わることはないのかもしれないが、それでも助けてやれと言ってくれたことが、嬉しい。

「忙しいのはわかってるけど、せめて盆正月は帰ってこい。そのくらいの親孝行はしろ。晴《は》磨《る》《ま》だって正月は都合つけて帰国してるんだぞ。それに、ばーちゃんだって一番可愛がってる孫はお前なんだから」

そう言い残して、大紀は姿を消した。

子供の頃から父親の病院を継ぐことを前提に育てられ、やりたいことを我慢し、両親の希望通りの人生を歩んできた二人の兄。次男の晴磨は家を離れて海外の病院で働いているが、それでも父親の望む通りの人生を歩んでいる。もし、彼らがいなければ、坂下は強制的に家に連れ戻されたかもしれない。そう考えると、自分の進みたい道を歩けることに感謝した。

今さら気づくなんて、本当に甘ったれだと痛感する。

「お前のやってることは認めん。だが、自分の息子が困ってる時に助けない親がどこにいるんだ？　この馬鹿息子が」

「父さん」

「お前の頼みは聞いてやる。思い通りにはならん馬鹿息子だが、息子は息子だからな。頑固なところはお袋に似てる。しょうがない。それから……」

言いながら、分厚い封筒を出してテーブルに置く。

「金だ。受け取れ。受け取りたくないなんて言わせんぞ」

坂下はそれをじっと眺めた。ありがたい金だ。喉から手が出るほど欲しい金。必要な金。これがあれば、診療所を立て直せる。

坂下は封筒に手を伸ばした。父親の目をしっかり見て、頭を下げる。

「ありがとう。絶対に返すから。お金は絶対に返す。ありがたくお借りします」

涙が零れそうになった。どんなに感謝してもし切れない。

「お前がこの金をちゃんと返せるようになるのを待ってるぞ。自分の力で稼いで、ちゃんと返すんだぞ」

もう一度頭を下げると、今度はフサがドアを開けた。心配そうな顔をしているが、坂下の手に封筒が握られているのを見て、状況を察したようだ。

「話は終わったごたーね。仲直りできたんやったら、よかこつたい」

仲直りという言葉に、和解できたのだろうかと父親を見た。すると、フサの言葉を否定するでもなく、頷くでもなく、素知らぬ顔で聞き流している。その態度から、そう思っていいのだと勝手に思うことにした。

「せっかくやけん、昼ご飯ば食べていかんね」

実家で食事をするなんて思っていなかったが、台所で母親が食事の支度をする音が聞こえてくる。小気味よく包丁でまな板を叩く音に懐かしさが込み上げてきて、目を細める。

「うん、食べてくよ。お昼何？」

「和風ハンバーグば作っとーごたよ」

「それ大好物。ばーちゃんの奈良漬けは？」

「用意しとるよ。ほら、そんならはよこっち来んね」

坂下はフサに手を引かれ、ダイニングルームへ向かった。

大紀はあれからすぐに病院に向かったらしく、坂下とともに食卓を囲んだのは両親とフサの三人だったが、久々に食べる実家での食事は美味しかった。

母特製のハンバーグは変わらない味で、ちゃんと舌が覚えている。大根のみそ汁もほうれん草のお浸しも、子供の頃からよく食べている坂下家の味だ。最後に残ったご飯に茶を注いで奈良漬けで食べる茶漬けが絶品だったのは言うまでもない。

全員は揃わなかったが、久々の家族の食卓を坂下は存分に楽しんで帰ることができた。

街に戻ってきた時には、太陽は随分傾いていた。

足早に診療所に向かっていた坂下は、建物が見えてくるとその前で何やら揉めている二人の男がいることに気づいた。一人は斑目だ。斑目は、今さらくだらない喧嘩をするような男ではない。いったい何事かと急いで駆け寄る。

「斑目さん、何して……、――あ」

坂下が思わず声をあげたのは、男が知っている顔だったからだ。

「よぉ、先生。実家に泣きついたか？」

「はい。情けないけど、実はお金も借りました。えっと……それより……」

そう言って斑目が首根っこを摑んでいる男を指差し、どういう事情なのか説明してくれと目で訴えた。すると、男は気まずそうに坂下を見て、罪悪感たっぷりに目を逸らす。背中を丸めている姿は、父親の雷が落ちる直前の悪ガキのようだ。

「こいつだろう？　診療報酬を踏み倒して逃げやがったのは」

「ええ、その人です」

「すすすすまんかった！　逃げてすまんかった！」

「すまんかったじゃねぇんだよ！　このお人好しの先生を騙して逃げるなんてなぁ、罰当たりもいいところだ」

「ひゃあ！」

斑目が拳を振りかざすと、男は両手で自分の頭を覆って縮こまった。聞くところによると、金が入って支払いをしに行こうと思ったが、ついその前にパチンコに行ってしまったのだという。せっかく手にした日当はあっという間に目減りしてしまい、たっぷり稼いで気持ちが大きくなっていたぶん支払いをするのが惜しくなって逃げてしまったらしい。

「こんな奴はな、一度痛い目見ねーとわかんねぇんだよ」

「わ、悪かった！　本当に悪かった。次またでっかい仕事が入ってるからよぉ、その金が入ってからにしようと思ったんだよ」

「嘘つけ！　どうせまた逃げるつもりだったんだろうが！」

「ちちち違うんだってよぉ。本当に、今度払うつもりだったんだよぉ」

「今度今度って、お前の今度はいつ来るんだ？　え？　そもそも払う気があるなら、連絡の一つもするはずだ」

斑目の言うことは一理ある。この男は、本当に踏み倒すつもりだったのかもしれない。どうしようもない男だ。けれども、ここまで駄目なところを見せられると、諦めの境地に達するのだから人間というのはわからない。

「どうする、先生」

「お金を払ってくれれば……もういいです」

怒る気も失せ、坂下は溜め息交じりに言った。その言葉に、一番驚いたのは逃げた男のようだ。まさか自分の裏切りをこんなにもあっさり許してもらえるとは思っていなかったようで、目を丸くして坂下を凝視している。

「ったく、先生は甘ぇんだよ」

斑目は呆れ顔であっさりと男から手を離し、とっとと支払いを済ませろとせっついて診療所へ連行する。待合室で診療報酬を払ってもらい、身上書に支払い済みのサインをしてからファイルに綴《と》じた。

男がぺこぺこ頭を下げて帰っていくのを見送り、何やら言いたげな斑目と視線を合わせる。

「甘ちゃんだって言うんでしょう？」

「ああ。その通りだ」

「痛感してます。それに、結局俺はいろんな人に助けてもらわないと駄目なんだってわかりました。親にも泣きついてしまったし」

「でも、プライドを捨てられた。自分のためじゃなく、誰かのためにプライドを捨てられる奴は、嫌いじゃないぞ。それより、ばーちゃんは元気だったか？」

「はい。すごく元気でした」

フサがこの街に来た時のことを思い出し、坂下は思わず目を細めた。斑目も懐かしむような顔をしている。

「実はな、先生。さっきの男だが、診療所の常連みんなで捜してくれたんだぞ。先生が入院なんてするから、みんな心配して先生のためにな」

「え、そうだったんですか」

そんなことは初耳だ。誰もそんなことは一言も口にしなかったが、内緒で動いてくれるなんて粋《いき》なことをすると思う。

「甘っちょろい先生だけどな、そんなだから助けたいって思う連中もいるってことだよ。ばーちゃんっ子で可愛がられて育った先生だから、お人好しでみんながつい手を貸したくなるんだ。それはある意味先生の強みだよ」

確かに、そうなのだろうと思う。世間知らずで未熟者だが、助けようと思ってくれる人がたくさんいる。成長せねばと思うが、それでも助けてくれる人がいるのは嬉しい。

「先生。一緒に出かけるぞ」

「え、今から？　どこへですか？」

「龍《りゅう》のところだ」

一瞬、誰のことかわからず斑目の顔を眺めていたが、すぐに思い出して素《す》っ頓狂《とんきょう》な声をあげる。

「――えっ！」

何を驚いてる……、という目で見られるが、これが驚かずにいられるだろうか。

北原《きたはら》龍。

斑目がこの街に流れ着く前に組んでいた医師で、斑目の復活を願っていた。斑目を取り返すために坂下の診療所にやってきて、坂下の甘さを非難し、邪魔をし、いろいろと画策をしてくれた。

斑目が自分の手のひらを傷つける真似をし、二度と手術ができないと思い込ませてようやく諦めさせた人物。今も、神経がやられて医師に戻れないと思っている。

それなのに、なぜ自分から会いに行くなんて、いったい何を考えているのだと思う。

「どうして……ちょっと待ってください」

引き留めようとするが、斑目はどんどん歩いていく。慌てて正面ドアの鍵をかけて斑目を追った。

「どういうことです？」

「先生。あんな記事書かれて黙ってるつもりか？　あれは間違いなく、名誉毀損で訴えていいレベルだ。こっちが金なしの貧乏人で訴えを起こせないとわかってて、あれだけのことをやってるんだよ。汚ねぇ連中だ。龍に頼めば優秀な弁護士を紹介してくれる」

「でもそんなお金は……」

「弁護士費用は示談金かもしくは賠償金から出しゃいい」

「そ、そんな簡単に言わないでください……っ」

世間知らずの坂下でも、斑目がとんでもないことを言っていることくらいわかる。勝てるかどうかわからないのに、賠償金をアテに裁判を起こすなんて非現実的だ。示談に持ち込むにしても、思惑通りに進むとは思えない。

そして何より、北原が坂下のためになることをするなんて考えられなかった。美貌の外科医は、むしろ誰かの助けになることなど美徳に反すると言いそうで、状況が悪化する可能性すら疑いたくなる。

「あの人を頼っても無駄だと思うんですけど」

「もう話は通してある」

「え……、──ええっ！……ちょっと……そんな、俺は何も聞いてませんよ」

「言ってねぇからな。ある程度こっちで話つけてあるんだよ。先生が入院してる間に、俺がぼーっと待ってただけだと思うか？」

確かに、街の連中が坂下のために治療費を踏み倒した男を捜してくれたのだ。斑目も何かしようと思っても不思議ではないが、それにしても、ここで北原と接触を図るなんてさすがに大胆としか言いようがない。

「もしかして、斑目さんの手が使えるってバラしたんですか？　まさか、それをダシにしようだなんてこと……」

「ばぁ〜か。んなことしねぇよ。まぁ、そのうちバレるだろう。それに、あん時奴は確かにショック受けて諦めたが、俺の魅力が本当に手術のテクだけだと思うなよ」

　自信ありげな台詞とその表情が憎らしいが、当たっているから何も言えない。『神の手』とすら言われた技術を持っているが、斑目の魅力はそれに留まらないのだ。

　北原にとっても、それは同じということだろう。

「寝た子を起こすのは多少リスクがあるが、そうする価値はある」

「そうでしょうけど……本当に大丈夫なんですか？」

「ああ。あいつは、窮極のドMだからな」

　ふふん、と鼻を鳴らして笑う斑目の表情は意地悪そうで、それでいて魅力的だ。斑目の狙いが、なんとなく理解できる気がする。

　それから坂下は、斑目に連れられて再び街を出た。向かったのは、スーツ姿のサラリーマンの姿が多く見られるビジネス街だ。いつも生活している場所とはまったく違っていて、行き交う人々の時間が早く流れているように見える。誰もが忙しそうで、時間を気にしている人も多い。

「こっちだ、先生」

　斑目が入っていったのは、駅から五分の新しく立派な高層ビルだった。この立地のよさから、自分たちがこれから向かう弁護士事務所は、高額の報酬が必要だとわかる。本来なら、坂下のような貧乏医師がドアを叩いていい相手ではないだろう。

エレベーターは二人をどんどん上へと運び、坂下をより緊張させた。既に話は通してあるとはいえ、本当にこんなところに来ていいのだろうかと戸惑わずにはいられない。

しかも、到着した階には専用の受付まである。

斑目がそこで名前を名乗ると、すぐに奥の部屋へと案内された。

「お待ちしてました。あなたが坂下さんですね。弁護士の常磐津《ときわづ》といいます」

迎えたのはスーツに身を包んだ男前で、弁護士なんて肩書きがなくても女性の視線が集まるだろうという男ぶりだ。社交的な雰囲気で戸惑うが、その仕種は板についている。

握手で挨拶をするなんて、坂下の日常にはないことだ。斑目は相変わらず靴の踵を履きつぶしたズックで、坂下のほうも何年も履いているシューズに普段着を身につけている。

あまりに場違いなため、もう少しまともな格好をしてくればよかったと思うが、おそらく部屋を漁ってもろくなものはなかっただろうと諦める。

「斑目さん……あの……」

その時、北原が奥から出てきた。この上なく不機嫌そうな顔をしている。斑目のほうは満足げな表情だ。再びこの二人がこうして会うなんて、本当に大丈夫なのだろうかと思う。

「よぉ、龍。久し振りだな」

「いきなり電話してきたと思ったら、弁護士を紹介しろだなんて本当に身勝手な人ですね。

しかも、こんな人のために？　この俺が？　なんの報酬もなく？」

相変わらず手厳しい言葉に、坂下はただ黙って立っていることしかできなかった。しかし、いつも微笑を浮かべていた北原が感情的になっているのを見て、既に勝負は見えていると感じた。完全に斑目のペースで進んでいることがわかる。

「報酬はもうやっただろう」

「は？　何をくれたっていうんです？」

「俺とこうして会えた。それだけでも十分ご褒美じゃねぇか」

あまりの言い分に、北原は絶句していた。坂下でさえ、言葉が出ない。

さすがに怒らせるだけだと思ったが、北原は悔しそうにしながらも目許を染めていた。斑目の狙い通りということだろうか。

「それに、俺のために力を貸せるんだ。嬉しいだろうが」

「あなたじゃなくて、その人のためでしょう。せめて一晩俺を愉しませてくれるんなら話は別ですけど」

「そりゃ無理な相談だ」

即答する斑目に、北原がグッと奥歯を噛んだのがわかった。人に頼み事をしておいてそれはないだろうという態度だが、この美貌の外科医がドMだと言った斑目の言葉の意味がようやく理解できた気がする。

たとえ斑目の手が使えないと思っていても、北原にとってまったく無用な人間になったわけではない。どんなことも思い通りに実現してきたような北原だからこそ、こういう態度に弱いのだろう。

「まぁ、いろいろと積もる話もあるようですが、さっそく本題に入りましょうか」

斑目たちが際どい会話をしているというのに、常磐津と名乗った弁護士は、少しも驚いたりした様子はなくスマートな態度で坂下たちを促した。

二人の会話にまったく興味がないのか、それとも北原がゲイであることをすでに知っているのか。

「こちらへどうぞ」

不満げな北原を残して、坂下たちは別室へと案内された。常磐津と向かい合ってソファーに座ると、話を始める。

「あの件は存じ上げてますよ。雑誌もすべて目を通しました。なかなか酷い内容だ。相手が裁判を起こす能力がないと思って好き放題書いている。これは明らかに名誉毀損で訴えていいレベルだ。必ず勝てますよ。この分野は得意とするところです」

そう言って、常磐津はファイルされた資料をテーブルに広げた。

揃えられた資料は、かなり分厚いものだ。わずかな情報も見逃さず、こちらの手札にできるものはすべて揃えて戦いを挑もうという姿勢が窺える。それだけ見ても、常磐津の勝ちに

いく姿勢がひしひしと感じられた。

　訴えを起こすことなど初めてなだけに、頼もしい。

「インターネットの書き込みですが、最近ネットストーカー関連の事案も増えてましてね、こちらもあまりに酷い書き込みには法的措置を取ることができます。警察に被害届を提出してプロバイダーにIPアドレスの開示請求をすれば、どこから書き込まれたのか特定は可能です。気軽に自宅や会社のパソコンから書き込むケースも多いので、そういう人たちは警察から連絡が入っただけで案外素直に謝罪してくれます。二度とこういった書き込みはしないと、約束してくれるでしょう」

　坂下は、常磐津の話をただ聞いていることしかできなかった。それに気づいた斑目が、横から顔を覗き込んでくる。

「おい、先生。大丈夫か？　ちゃんと話についてきてるか？」

「え、……あ、はい。なんとか」

　とりあえず返事をして顔を上げると、思いのほか斑目の顔が近くにあり、その男ぶりに心臓が跳ねる。高層ビルの上階にある弁護士事務所に所属するエリートの男前を見てもなお、その魅力は褪《あ》せるどころか、いっそう引き立ってしまうのだから不思議だ。

「ったく、こういうところでそんな顔するな」

「え……」

「まぁいい。弁護士先生、続きを頼む」

斑目の言葉に常磐津は軽く笑い、再び話を始めた。


診療所に帰ってきた頃には、すっかり日も暮れていた。

今日は長い一日で、フサたちと昼食を食べたのが何日も前のことのように思えてくる。それだけ、いろいろなことがあったのだと言えるだろう。もうくたくただ。

けれどももう一つ、坂下にはやらなければならないことがあった。とても大事なことだ。

「斑目さん、ちょっと話があるんですけど」

「先生からお誘いなんて嬉しいねぇ」

ふざけた口調で言うが、斑目は何か感じているのか、それ以上茶化したりすることはなかった。黙って坂下の後をついてくる。

診察室に入ると、相変わらずガランとしており、これからまだまだ越えなければならない山があるのだと感じた。

父親に協力を要請したとはいえ、すんなりリース契約を結べるとは限らない。これまでのやり方を続けていれば、いざという時に立ち行かなくなることも痛感した。もっと現実を見て、経営という観点でも見直していかなければならない。

また、常磐津もかなり腕のいい弁護士で今回のような案件を扱い慣れているとはいえ、あの手の週刊誌を出している出版社側も訴訟には慣れているだろう。長い時間と労力が必要になる。

けれども、もう逃げない。たとえ斑目がいなくなっても、ここを護るためなら、どんなことも正面から受け止めることができる。

「診察室って案外広かったんですね」

「ああ」

「ここが俺の始まりなんですよね。そして、今も続いてる」

振り返ると、真っすぐに自分を見つめる斑目と目が合った。真剣に話をしようという気持ちはわかっていたようで、斑目は坂下の言葉をじっと待っていてくれる。

軽く息を吸い、心を落ち着かせてから自分の気持ちを言葉にしていった。

「今まで何度も助けられてきました。今回のことだって、斑目さんがいなかったら乗り越えられなかった。理想ばかりが高い世間知らずの甘ちゃんです。診療所を始めた頃から進歩がないって思います。でも、そんなことじゃない。俺が一番駄目なのは、自分の足で立つ勇気が持てなかったことです」

緊張なのか、痛いくらい心臓が跳ねていた。声が震えそうになり、甘えるなと自分を叱咤《しった》しながら続ける。

「本当は、斑目さんが離島に来ないかって誘われてるのを立ち聞きした時に、言うべきだったんです」

あの時のことを思い出し、胸が詰まった。蘇るのは、その話を聞いた時の驚きと戸惑いの感情だ。いつかこの街を卒業すると思っていたはずなのに、動揺し、足音を忍ばせて二階に戻り、布団の中に隠れるように逃げた。情けない。

斑目をきちんと送り出す覚悟ができても、胸に広がる切なさはあの時のものと同じだ。消えるわけではなかった。別れを辛く思う気持ちは、いつでも変わらない。違うのは、送り出す決心ができたことだ。時間はかかったが、今、やっと斑目を送り出せそうだ。

「俺は、ただの甘ったれです。斑目さんのことだって……ちゃんと送り出してあげなきゃいけなかったのに……っ」

坂下は、ずっと言えなかったことを口にした。言葉にすると実現しそうで、ずっと言えなかった。だが、言わなければならないとわかった。実現させなければならない。それが斑目のためになることなら、背中を押すのが自分の役目だと……。

「久住先生にも言われたのに……背中を押してやれって……、それが斑目さんのためになるのに……俺は……自分が一人でやっていく自信がないからって……そんな当たり前のことすら、できなくて……側にいてくれだなんて、引き留める真似までして」

辛くて、切なくて、涙が溢れた。一度涙が零れると、次々と溢れ出る。ここで泣いたら駄目だろうと手の甲で何度も涙を拭うが、止まらない。

伝えたいのに、上手く言葉にできないのがもどかしくてならなかった。顔も涙と鼻水でぐしゃぐしゃだ。それでも、必死で訴える。

「わかって……たんです。ちゃんと、頭では……わかって……っ、俺は……弱虫の……意気地なしで……っ、だから俺は……もう一度、一から……やり直したいんです」

そこで一度深呼吸をして、最後にこう告げる。

「──斑目さんがいなくても……っ」

これが自分の気持ちだと、坂下は斑目を真っすぐに見つめた。

行って欲しくないという思いはあるが、単にそれを押し殺すのではない。行って欲しくない以上に、心にあるのは斑目が選べるうちに人生最良の選択をすることを望む気持ちだ。

斑目が幸せになれるなら、いい人生を送ることができるなら、行って欲しい。

その想いに突き動かされるように、坂下は手の甲でグイッと涙を拭って宣言した。

「行かないでって言ってしまったけど、あれを……訂正させてください」

「……先生」

「斑目さんがいなくても……っ、俺はここで一人でがんばれます。だから……っ、だから、行ってください。久住先生の後を継いで、島の診療所で……っ、行って欲しくないけど、離れたくないけど……それ以上に、斑目さんがこのままずるずるこの街に留まるほうが嫌なんです。俺につき合って俺の犠牲になるのは、離ればなれになるよりもっと嫌なんです。だから、今、この街を卒業してください」

言った。

ちゃんと言えた。

このところずっと嫌いだった自分を、許せそうだ。

ここまで来るのに長い時間を要した。自分の情けなさを直視させられた。自分が心底嫌いになり、愛想も尽きた。しかし、ちゃんと勇気を出すことができた。

「卒業、か……」

「はい。今まで、ありがとうございます。斑目さんがいたから……たくさんのことを乗り越えられました」

笑顔を作り、改めて礼を言うと、斑目は納得したように笑った。

「わかったよ」

腕を引き寄せられたかと思うと抱き締められ、素直に身をあずける。目を閉じて、力強い斑目の抱擁を感じていた。この抱擁は、弱い坂下を支えるためのものではない。ほんの少しだが、一つ強くなれたことを褒めてくれている。そう信じられる。

「俺はジジィのいる島に行く」

「はい」

「その日暮らしの生活と別れて、地に足をつけた人生を送るよ」

「はい……っ」

抱き締められたまま何度も頷き、込み上げてくるものに耐えた。ずっと支えてもらったが、今度は自分が斑目を支える番だ。直接力になることはできないかもしれないが、いつだって遠くから斑目を応援し続けることはできる。

技術だけでなく、過去を乗り越えた斑目が最高の医師であると信じている。

「先生。実はな、俺も自分の間違いに気づいたところだったんだ」

ゆっくりと躰を離され、坂下は斑目を見上げた。思慮深い眼差しに斑目の覚悟を感じ、その言葉を黙って待つ。

「先生に行かないでくれって言われた時、嬉しかったよ。側にいるって言っちまったのも、本気でそう思ったからだ。ずっと、側で先生を支えるつもりだった。たとえのたれ死ぬような最期でも自分の人生だ。構わないってな。だけどな、先生が倒れた時に思ったんだよ。俺はほとんど何もできなかった。ただ救急車が来るのを待ってただけで悔しかった。俺がまともな医者だったら、手術してやるのにって……」

その時のことを思い出しているのか、斑目の表情が少し険しくなった。坂下が苦しみ痛みに耐えている時、斑目もまた別の痛みを抱えていたのだ。

何事にも動じない男に、こんな顔をさせたことを申し訳なく思うのと同時に、それだけ自分が想われていることの証《あかし》のようで、ありがたく感じる。

「あん時思ったんだよ。日雇いのままじゃ駄目だってな。それに、俺がのたれ死ぬような人生送ったら、それこそ先生に責任感じさせちまう」

「斑目さん……」

この時、斑目が既に街を出ていく覚悟をしていたのだと悟った。坂下に言われずとも、この街を卒業すると決めていたのだと。そして、告げられるより先に送り出す言葉を自分から口にできて本当によかったと思った。

ぎりぎりだったが、斑目の決心を聞く前に覚悟できたことは大きい。

「双葉のところにも行ってやがったな」

「え……」

「クリスマス・イヴの夜だよ」

「し、知ってたんですか？」

どんな顔をしていいかわからず困っていると、優しげな眼差しで見つめられる。あの時の自分はここ最近の中で一番情けなくて、みっともなくて、誰にも見せたくない状態だった。それだけに、その行動を知られているとわかり、ばつが悪くてならない。

「先生が運ばれた時に、双葉が心配して駆けつけてきたんだよ。先生の様子が気になって診療所に電話したら、先生を心配して残ってた連中から急病で運ばれたって聞いてな。心配かけたって責任感じるから黙ってろって言われたんだが、もう大丈夫だろう」

いつも坂下を気遣ってくれていた双葉の顔を思い出し、相変わらずだと笑みが浮かぶ。自分も相変わらず、心配ばかりかけている。

「そうだったんですか」

「心配すんのは、先生のことが好きだからだ。街の連中も先生が好きだから、心配して手術の間、診療所で待ってたんだぞ。それに、治療費を踏み倒した奴を捜すのに協力してくれたのも、先生が好きだからなんだよ」

好きだから。

その言葉はどんな称賛よりも、ありがたかった。光栄に思えた。複雑な過去を背負い、他人を信用できなくなったような人たちが流れ着く場所だけに、誇りに思える。

「俺という男がありながら、この浮気者」

「あは……っ、……あはは……、……っく、……ぅっく」

ふざけた言い方が斑目らしくて、一度止まった涙が再び零れた。

斑目のこういったところに、何度も救われた。いい思い出だ。こうして泣きながら送り出そうとしているこの瞬間も、いずれいい思い出になる。きっとそうなる。

「先生から見た双葉はどうだった？」

「幸せ、そうでした」

「そうだろうな。俺にもそう見えた」

洋と二人でサンタクロースの話をしている双葉を思い出し、心が温かいもので満たされる。

「とっても、幸せそうで……街を、卒業できて……よかったって、思いました」

「そうだな。よかった。あいつは先生に出会ったおかげで卒業できたんだよ」

「そんなこと……っ、双葉さんには、洋君がいたから……」

「いいや、違う。先生がいろいろお節介をしたから、双葉に息子がいるってわかったんじゃねぇか。それに双葉だけじゃねぇぞ。おっちゃんも、最後は路上で逝《い》っちまったが、人生最後に先生みたいなのと出会って喜んでたと思うぞ。今頃天国で先生を見下ろしながら酒飲んでる」

この街に来て間もない頃、坂下を慕ってよく診療所に来てくれたおっちゃんを思い出し、懐かしくなった。あの頃は、がむしゃらだった。今もそれは変わりないが、迷いがなかった。無鉄砲なぶん、脇目も振らずに走っていられた。

今はいろいろと考えてしまうことも多くなったが、それでも前に進める。

「なぁ、先生。実はな、俺の話にはまだ続きがある」

改まった言い方をされ、坂下は涙を拭った。その真剣な目から、重要なことを言おうとしているとわかる。

「俺は、離島の医者で終わるつもりはねぇんだよ」

まさか海外にでも行くつもりなのかと、思わず身構えた。ブランクを埋めるために一から出直した後は、さらに上を目指すのも当然かもしれない。斑目にはその才能があったのだ。今もあると思っている。

斑目ほどの天才的な技術を持っていれば、可能なことだ。

夢が大きくなればなるほど物理的な二人の距離は遠くなってしまうが、それでもいい。それでも斑目が望むなら、応援したい。昔のように、自分の腕に溺れることは二度とないと信じているからこそ、そう思える。

「斑目さんが望むなら、夢を追ってください」

それがどんな夢でも応援するという態度が嬉しかったのか、斑目は優しげな目でこう言った。

「俺の夢はな、ここに戻ってくることだ」

「え……」

「もちろん日雇いとしてじゃない。医者としてここに戻ってきて、ここで先生と一緒にこの診療所をやりてぇんだ」

想像だにしなかったことで、坂下はただぼんやりと斑目を見上げた。すると、斑目は自分の夢を語り始める。

「こんな小さな診療所に二人も医者がいてもって思うかもしんねぇが、一人でこの診療所を続けていくには無理がある。金を稼ぐには、この街の労働者だけ相手して特別診療なんてボランティアまがいのことばかりやってたら駄目なんだよ」

それは、坂下も思っていたことだった。もう少し経営という面でシビアにならなければ、救える患者も救えない。

「先生も知ってるだろうが。救命には医者が不足してる。非常勤の医者なら救命で雇ってくれる。交代で非常勤の仕事をするんだよ。救命は大変だが、医者としての技術を磨けるし勉強にもなる。先生だって専門は外科だろうが」

「非常勤……」

一人で診療所を続けてきた坂下は、そんなことを考えたことがなかった。だが、交代で斑目が患者を診てくれるのなら、外に出ていくことができる。経験という意味でも、金銭的な意味でも、診療所を運営していくにあたってプラスになるだろう。

「金銭的に余裕ができたら、少しずつここの設備を充実させることもできるぞ。スタッフを入れて、ここでできることを拡充していく。街の外から患者を呼べるようになったら、非常勤の仕事を少しずつ減らしてこっちへシフトすることも可能だ。どうだ？　いい考えだろう。夢が実現する頃には、俺たちはジジィになってるかもしんねぇけどな、一生かけて目指す夢もあっていいんじゃねぇかって思うんだよ」

「はい、賛成です。……賛成、です……っ」

斑目が描く夢はとてつもなく大きなものだったが、斑目が一緒に目指してくれるなら実現できそうな気がした。斑目となら、きっとどんな大きな夢も叶《かな》えることができる。

「俺は医者としての自分が嫌いだった。だが、医者としての自分も好きになれそうな気がするんだ。先生の夢に俺も乗っけてくれ」

「もちろんです……っ」

「俺が買った夫婦茶碗、一度しか使ってねぇが、あれも置いていく。また、一緒に使おうな」

「はい……っ」

二人は、固い約束をした。

未来の診療所のために、そして自分たちの未来のために……。

それから斑目は、医師として赴任するために一度島の診療所へ向かった。久住はその言葉通り、斑目が決心すればいつでも迎えられるよう準備を整えていてくれたようだ。

医師の登録など行い、村長との面接も済ませて診療所のスタッフとも面会した。医師不足の島に定住してくれる医師が見つかったと、スタッフたちは喜んでいたという。

そして坂下は、診療所で街の男たちを相手しながら、いつもと変わらない日々を送った。

「早いもんですね」

斑目が街を出ていくと決まってから、あっという間に十日が過ぎた。島と街との行き来で
斑目は忙しく、また斑目の卒業を知った常連たちの連日の酒盛りのおかげで、ゆっくり二人で話をする暇がなかった。

今夜も常連たちが酒を飲む口実にされたが、最後の夜くらいは静かに過ごさせろという斑目の言葉に、宴会は早々に終了した。

明日出発すると思うと複雑な気持ちにもなったが、卒業の日を指折り数えて噛み締めるよりいい。この街には、こういう送り出し方が似合う。

「明日ですね」

「ああ。明日だ」

「斑目さんもようやく卒業なんですね。いまだに実感が湧きません」

角打ちで常連たちと軽く飲んで帰ってきた二人は、診療所の二階で茶を啜っていた。寒い夜だが、心は温かだ。

「島ってどんなところなんです？」

「いいところだよ。海はきれいだしのんびりしてな、みんな温かい。しかも海産物が旨い

んだよ。ジジィがあの島を気に入るのもわかる。新鮮な刺身や焼き魚で一杯、ってな」

「島に行く目的が違ってきてるんじゃないですか？　飲みすぎないでくださいね」

「わかってるよ」

　こうしていると、ようやく少しずつ斑目がこの街を出ていく実感が湧いてきた。明日の夜には斑目は離島にいて、歓迎会でも開いてもらっているだろう。久住が島の診療所に酒を持ち込み、飲んだくれている姿が脳裏に浮かぶ。

　そして自分は、斑目のいないこの街でいつもと変わらない夜を過ごしているだろうと想像した。斑目のいない初めての夜を、ほんのちょっぴりの寂しさと祝福の気持ちを胸に一人嚙み締めているに違いないと。

「先生」

「はい」

「先生に礼を言わねぇとな」

「そんな……礼だなんて……。俺のほうが……」

「いや、助けてもらったのは俺だ。先生に出会わなかったら、俺は自分の犯した罪を直視できなかった。一生背負って生きていく覚悟も、医者としてやり直す覚悟もできなかった。先生のおかげだよ」

　胸が詰まった。

なんて光栄な言葉だろう。こんな自分でも斑目の力になれたのかと思うと、勇気が出る。ちっぽけな存在でも、小さな力でも、ゼロではないのだ。それが嬉しい。

「斑目さんの新しい一歩ですね」

「ああ」

「がんばってください。ここから応援してます」

「先生もな。俺も島から先生を応援してる」

見つめ合い、どちらからともなく顔を近づけて口づけた。

「ん……」

重ね合った唇の間から、小さな声が漏れる。一度唇を離し、見つめ合った後坂下は斑目の唇に視線を落とした。もう一度……、とキスをねだった自覚はある。

唇を重ねながら、手を伸ばして背中に回し、互いの躰を抱き締めた。力強い抱擁にいとおしさが込み上げてきて、坂下も腕に力を籠めて斑目の逞しい肉体を躰で確かめる。

「ぅん、……んっ、……ぅん……っ」

離れてしまうが、これまでになく斑目を近くに感じた。躰だけでなく、心もずっと近くにいる。強く、そして深く、その存在を感じていられる。

ゆっくりと押し倒され、素直に従いながら斑目を下から見上げた。熱い視線を注がれて、躰がいっそう燃え上がる。滴る色香を感じてしまうが、それだけに留まらない斑目の魅力に自分がいかにこの男を深く愛してしまったのか痛感した。

愛なんて言葉だけでは足りない。男としてだけでなく、人としても魅力がある。だから、これほどまでに好きになった。人との出会いに、これほど感謝したことはない。

「もう躰は大丈夫か?」

「はい」

「開復手術した後でずっと我慢してたが、さすがにこのまま行っちまったら後悔する。ほらみろ、ナイトゲームに備えて臨戦態勢バッチリだ」

斑目に手を摑まれ、股間のものをズボンの上から握らされる。硬く変化したそれに、自分の奥で小さな炎が翻ったのを感じた。坂下も、この行為を望んでいる。

「最後の夜だ。今夜は恋の満塁ホームラン打ちまくってやるよ」

「また、そんなことばっかり……」

相変わらずの物言いに頬が熱くなるが、最後まで斑目らしい愛の囁きに、自分が好きになった男が斑目でよかったと心から思った。早く繋がりたいと思ってしまうのは、単に肉欲によるものだけではなく、心が欲しているからだ。

「ちょっと待ってろ」

斑目は立ち上がると、押し入れの中から布団を出し、ちゃぶ台を足で横にずらして広げた。立ったまま坂下を見下ろしてシャツを脱ぎ捨てる斑目を見上げながら、ゆっくりと身を起こす。露わにされた肉体美に、坂下は自分の奥に眠る欲望が目を覚ますのを感じた。

きっと、今日は自分でも呆れるほど求めてしまう。そんな予感がした。

「ほら、何ぼんやりしてやがる」

惚けていたからか、腕を取られ、布団の上に連れていかれる坂下は、斑目が靴下を脱いで放るのをじっと見ていた。そんな姿すら、目に焼きつけておきたいと思う。

「どうした？」

坂下の視線に気づいて口許を緩める斑目の表情は、これまで見たどんな色男よりも魅力的だった。髪はボサボサで無精髭も生やしているが、滲み出る男臭い色香に深く酔ってしまう。

「いえ……、……いえ、なんでも……」

言いながら、自分の前に跪く斑目に手を伸ばして抱きついた。

最後の夜だ。斑目がこの街の労働者として過ごす、最後の夜だ。

もっと辛いかと思ったが、そうでもない。寂しい気持ちはあっても、心からこの選択を喜んでいるし、自分の夢に斑目の夢が重なったことも嬉しかった。大きな夢だが、斑目の描いたそれは、坂下が一人では思いつかなかったものだ。

やっと心から祝福できる。斑目の卒業を嬉しく思える。そして同じ夢を抱えてともに生きていけるのだ。しばらくは離ればなれになるが、そんなことは小さなことだと思えるようになった。

「好きです、斑目さん。……出会えて、本当に、よかった……」

「俺もだよ」

しばしの別れを惜しむように首に回した腕に力を籠め、口づけた。重ねるだけのものから、次第についばむように、そして舌先で互いの舌に触れ、深く絡めていく。

「ぅん、……ぅん……っ、んっ、……はぁ……」

「しばらく……先生の、顔が、見られねぇからな……、……っ、たっぷり、愛し合うぞ」

口づけの間に囁かれる言葉に耳を傾け、躰をまさぐる熱い手のひらに身を焦がされる。気持ちの高ぶりが、敏感な肌をより感じやすいものにしていた。シャツ越しに触れられただけで、ぞくぞくとしたものが肌を這い上がっていき、声にならない声をあげてしまう。

「はっ、……ぁ、ん、……ぅん、んっ」

「島に……、先生の、写真……、持ってくぞ」

「ぅん……、んっ、……ぅん……っ」

「先生を、想いながら……、……っ、……一人遊び、するからな……」

「ん、ぅんっ、……んんっ」

口づけは次第に濃厚になり、息があがった。シャツの中に忍び込んできた手は、さらに坂下を狂わせていく。

「そういうこと……ばっかり……、言うから……、はぁ……、……斑目さん」

後頭部に手を回し、もっと触れてくれとねだりながら、自分もできるだけ多く斑目に触れようと躰を密着させた。

指の間を滑る少し堅めの髪の感触は、何度も味わってきたものだ。心に深く刻まれるほどの相手のことだ。躰もそれをよく覚えている。もちろん、匂いも。

褐色の肌に鼻を寄せただけで、発情を促される。

この男が欲しくてたまらない。

獣のように、自分を喰らう斑目を存分に味わいたい。

「先生……」

再び押し倒され、手と手を合わせて互いの指を絡めた。しっかりと握り合い、頭の上でやんわりと押さえ込まれて耳許に顔を埋められる。

斑目の息遣いにはまだ余裕があるが、それでも坂下の中の獣を起こすには十分だった。呼吸する気配が、これほどまでに坂下を高ぶらせるのは、好きな相手だからだ。好きな相手の生きている証でもあるからだ。

生きて、こうして側にいる。そのことが坂下の心に火をつけた。

「先生、愛してるぞ」

「俺も、です……、……はぁ……」

唇は耳許から首筋へと降りていき、弱い部分を優しく責められる。あ、あ、と小さな声を漏らしながら、己の身を差し出すように斑目の愛撫を心ゆくまで堪能した。やんわりと体重を乗せてきているが、筋肉質の逞しい肉体から感じられる重みが、より深い愉悦を誘う。

「好きです……、……はぁ……っ、……好き、です……、ぁあっ！」

これほど誰かを深く愛せるものかと思いながら、探るように這わされる唇に狂わされていった。まるで、この躰がどこまで淫らなのか調べようとしているようだ。どれほどの深い業を隠し持っているのかと、全部見せてみろと探られている。

「あぁ……」

首からかけていたホイッスルとお守りが、胸板をゆっくり滑り落ちていき、その感触に唇をわななかせた。さらに突起に吸いつかれ、躰を反り返らせて熱い吐息を漏らす。

「先生、……ここが、好きか？」

「ぁあ……、はぁ……っ、あ、あっ」

「いい色に、染まってやがる」

「あっ、……っく、……ま、……待……っ」

「待てるか」

弄ぶように舌先でくすぐられ、坂下は堪え切れない快感に身悶えた。頭がぼんやりとなり、自分がどんな姿を晒しているかなんてことに構っている余裕などなくなる。

「いいぞ、先生。……色っぽくて、たまんねぇよ」

スラックスのファスナーを下ろされ、中に手を入れられて身を捩るが、隠しても隠し切れない。下着の中でぱんぱんに張りつめた中心は、既に先端がびしょ濡れになっていた。

全部知っているぞとばかりに笑うのが、気配でわかる。自分の欲深さはこれまで散々見られてきたが、開き直ることなどできない。

「先生が、こんなにしてるなんて……嬉しいよ」

スラックスを脱がされ、下着もはぎ取られ、シャツもたくし上げられてあられもない格好にさせられた。さらに俯せにされ、うなじに唇を這わされて期待に心が濡れる。

「今日は……覚悟しろ。朝まで、寝かせない」

「あぁ……」

熱い手のひらに胸板をまさぐられ、弱い部分が幾度となく重ねた行為を思い出して、ひとりでに敏感になる。舌でいじられて尖っていた突起に斑目の手が伸びてきて、とんがりをきつくつままれた。

「あっ！」

「痛いくらいが、いいんだろう？」

「……っ、んっ、……んぁ！……ぁ……く、……んっ」

唇を嚙んで声を押し殺そうとするが、どこをどうすれば声をあげさせられるのか斑目は既に知っている。知り尽くしている。声を出すまいとしても、促されるとすぐに漏れてしまのだから、その手のひらの上で踊らされているのと同じだ。

どんなに足掻《あが》いても、斑目の愛撫からは逃れられない。

「あ！」

斑目がズボンを脱ぐ気配がしたかと思うと、膝の裏に斑目の膝が触れ、脚の間に膝を入れられた。太腿の内側を刺激されただけで、躰が斑目に教わったいろいろなことを思い出してしまう。

「触って、ください……、もっと……触って……」

「いいぞ。しばらく会えねぇからな。たっぷり、触ってやる」

尻に斑目の屹立が当たっていて、妙に恥ずかしくなった。誇示するように押しつけられ、早く繋がりたいとばかりに腰を浮かせてしまう。

「はぁ、……はぁ、……ぁあっ」

「しばらく会えねぇと思っただけで、こんなだ」

顎に手をかけられて後ろを向かされ斑目と視線を合わせる。無精髭の生えた男らしい口許に魅入られ、好きにして欲しいと強く思った。

今だけは、斑目のものだと主張して欲しい。

「先生、今夜の俺はしつこいぞ」

その言葉に心が蕩ける自分に呆れながら、唇を重ねる。しばしの別れを惜しむように舌を出し、斑目のキスに応えた。無理な体勢のままキスに酔いしれていると、尻の割れ目を指でなぞられ、蕾を探られる。指には軟膏が塗られてあり、いきなりじわりと侵入してきて、苦痛の声を漏らした。

「ぁ……っく」

そこに熱を感じながら、初めて斑目と躰を繋げた時のことを思い出す。あの時は、交換条件でこの身を差し出したのだ。斑目の持っている情報を得るためだった。

必死だった。大それたことをした。

今は、斑目が欲しくて身を差し出している。

「相変わらず、熱いな。先生のここは」

「ぁあっ、……待……っ、……指、……指……っ、……待……っ」

斑目の指が、ゆっくりと中をかき回す。意地悪な指に幾度となく見てきた『神の手』の仕事を思い出して、いっそう高ぶってしまう自分はどうかしているのだと思った。だが、否定しても自分を消すことはできない。

同じ医師として憧《あこが》れるとともに、同じ手がこんな卑猥なイタズラを自分に仕掛けてくるのかと思うと二重の悦びを感じてしまう。坂下の高ぶりの理由がわかったのか、見透かしたように斑目が耳許に唇を押し当ててきた。

「もう一度、人を助けるためにこの手を使うが、夜は、先生のためだ」

イタズラな囁きに触発されたのか、指を咥えた部分がきつく締まる。

「ぁ……っく、……はぁ……っ、あ、あ、……斑目さん……、そこ……熱……い」

熱に浮かされたように呟き、自分を犯す指に酔いしれた。この指は、今は自分のためにあるのだと思いながら、斑目を独占できる悦びに満たされる。

「もっと……拡げて、……ください……、もっと……」

はしたないことを口にしている自覚はあった。けれども、しばらく会えないからか、大胆になることができた。恋人とのしばしの別れの前夜なら、どんな罪深い行為も許される気がする。

「ぁう……っ」

二本に増やされ、ゆっくりと出し入れされて蕾はより柔らかくほぐれた。男と繫がるようにはできていないはずなのに、斑目を受け入れたくてそこは熱く熟れている。

そして、三本。

「ぁあ！　ぁあー……っ」

斑目の探るような指の動きに翻弄され、目を閉じて躰を反り返らせて促されるまま声をあげた。腰をくねらせないよう自分を抑えるので、精一杯だ。けれども斑目はそれすらも見抜いているのか、より深く坂下を追いつめる。

「あぁ、あ、……ぁ……っく、……んぁあ」

次第に堪え切れなくなり、斑目の指の動きに合わせて腰をうねらせた。斑目もまた、己の欲望を抑え切れなくなっているらしい。

「先生、もういいか?」

聞かれ、ゆっくりと振り返って訴えた。

「はい、俺も……欲しい、です……、……ぁあ……ぁあ……っ」

あてがわれて身構えた途端、熱の塊が容赦なく侵入してきて、引き裂かれる被虐的な悦びに濡れながらその瞬間を味わった。苦痛を感じながらも、決してそれだけではない大きな波に呑まれてしまう。

それは、切なさに胸が締めつけられるような感覚にも似ていた。腹の奥に、斑目を抱えている――その思いは坂下を淫らな獣に変える。

「んぁ、……ぁあああっ!」

奥まで挿入され、坂下は躰を小刻みに震わせながらそれを味わった。熱の塊が自分を犯すのを感じ、ズクリと奥を疼かせた。

「ぅん……、……っく、……はぁ……っ」

斑目が、ゆっくりと腰を前後に動かし始める。

その息遣いを聞かされながら、後ろを征服される悦びといったらなかった。熱い吐息に、自分だけが夢中なのではないとわかる。

「はぁっ、あっ、あぁ……」

しばしの別れを惜しむように、濃密な交わりは味わうように坂下を翻弄した。けれども、ゆっくりと前後に揺さぶられているうちに目眩がしてきて、いとも簡単に自分を連れ去ろうとするものに身を任せてしまいそうになる。

「んぁ、……ぁあ……、もう……、……もう……っ」

「もうか?」

「すみま、せ……、……あっ!」

次の瞬間、パタパタ……ッ、とシーツの上に白濁がほとばしった。もう少し我慢するつもりだったのに、堪え切れなかったことが恥ずかしい。しかも、快楽の余韻はいつまでも坂下を解放してくれず、びくんと時折痙攣してしまう。

「そんなに、よかったか?」

繋がったまま向き合い、身を起こして互いの躰を抱き締めた。そして、耳許でねだる。

「もっと……して、ください……、もっと……」

「もちろんだ」

「うんっ」

口づけを交わしながら、互いの股間を擦りつけ合うようにねっとりと腰を回した。

愛している。

斑目を、心から愛している。

斑目がいると思うと、それだけで満たされる。

たとえ側にいなくても、遠くに離れていても、互いが同じものを目指していると思うと、いくらでも努力できる。いくらでも、前に進める。

「はぁ……っ、……ぁあ、……斑目さん……、……ぅん、……好きです……」

「先生、あっちに……行ったら、……っく、……ときどき、電話、するぞ……」

「はい。手紙も……ください、……はぁ……っ、……しゃ、……写真、も……、……ぁあ」

「浮気、するなよ」

「しませ……」

「電話で、セックス、しような」

「……はい、……はぁ……っ、……電話、……します」

次第に涙声になっていくのは、別れる辛さからくるものではなく、あまりに凄絶《せいぜつ》な快楽のせいだ。

「先生が自分でする声、聞かせてくれ」

「はい……、俺の……、……聞いて、……聞いて、……ください……」

「楽しみだ」

欲望を抑え込みながら、そんな約束を取り交わすことに酩酊《めいてい》した。しがみつき、より深く斑目を呑み込もうと腰を擦りつける。まだ足りない。もっと深く。もっと欲しい。

自分の奥から次々と湧き上がる欲望に、戸惑いを覚えずにいられない。

「俺が欲しくなったら、一人でいじって、いいぞ。その代わり、……ちゃんと、報告しろ」

「んぁ、――んあぁぁ……、……あ、……ひ……っく」

「ときどき会いに来る。そん時は、また、たっぷり……しような」

「はい、……ぁあ、……はい、……んぁあ」

こうして繋がっていながらも、「しような」なんて言われて、妙に興奮した。今ですらこれほどの飢えに見舞われながら求めているというのに、遠距離が続けば、きっともっと深く求めてしまうだろう。

下で斑目を喰い締めながらも、その時のことを考えて心を濡らすなんて、どうかしている。

「そこ……、……斑目さ……、そこ……っ」

「ここか?」

「そこ……っ、……そこ、突いて……、そこ……気持ち、い……、……あ、……すご、い……、駄目……、もう……っ」

切羽詰まった声で訴えると、斑目の口から小さな声が漏れた。

「くそ……」

限界が来たのか、乱暴に組み敷かれ、左脚を肩に担ぎ上げられて奥を突かれる。

「ぁあっ！　あ、あ、ぁあっ！」

ワイルドな腰つきに翻弄されながら、無言でただ腰を打ちつけてくる斑目を、強く抱き締めた。その息遣いは獣そのもので、坂下は自分を襲う激しさを全身で受け止めた。

「……ぁあっ、……すごい……、……はぁあ、……すご……、……斑目さ……」

「先生、……先生……っ」

切実な声でそう呼ばれ、二人はともに高みを目指した。より激しく突き上げられ、斑目の限界を感じるのとともに自分を解放する。

「んぁあ、あ、——ぁぁぁあああ……っ！」

絶頂を迎えるのと同時に、斑目の熱いほとばしりを奥で感じた。最後の一滴まで注ぎ込もうとでもいうのか、中で爆《は》ぜた後も斑目は腰を押しつけてくる。

「……はぁ……、……っ、……はぁ」

呼吸を整えながら、汗ばんだ背中を強く抱き締めた。言葉を交わさずとも、抱擁だけで気持ちまで伝え合える。

斑目が好きだ。

ともに生きたいと思える相手だ。

しばらく気持ちを噛み締めていたが、斑目がゆっくりと身を起こそうとすると、離れ難くて強く抱き締めた。

「も……いっかい」

ぼんやりした頭でねだると斑目は、耳許でクスリと笑った。

「当たり前だ。朝までだと、言っただろうが」

再びキスを交わし、もう一度一から求め合う。

その夜、二人は朝まで幾度となく抱き合った。


春になった。

斑目が街を出てから、二ヶ月ほどが過ぎていた。街を流れる川の近くに立っている桜の木は五分咲きになり、通るたびに目を奪われる。

斑目が卒業した後の診療所はどこか物足りない気もしたが、それもまたこの診療所の姿になっていくのだろうと思うと素直に受け入れられる。いずれ斑目が戻ってきた時、再び違う姿へと変わる。そうやって時が流れていく。

父の力を借りたおかげで、必要な医療機器のリース契約を結ぶことができ、坂下は今日も患者と向かい合って座っていた。

「それで、調子どうですか？」

診察室の開け放った窓から、心地好い風が吹き込んでくる。問診に答えているのは、高橋だ。

斑目が街を出た後、坂下は再び高橋に診療所に来るように働きかけた。記者に心ない言葉をぶつけられて嫌な目に遭ったため、もう二度と来てくれないかもしれないと思っていたが、根気強い声かけに少しだけ心を開いてくれた。

「随分いい。夜中の咳も止まったし、酒も控えてるよ」

「いい心がけですね。本当はもう少し薬を続けたほうがいいんですけど、どうします？」

「いったんやめていいか？　もう少し金貯《た》めてぇし」

「そうですね。じゃあ、いったん薬を中断した状態で様子を見ましょう。悪くなるようなら隠さないで言ってくださいね。体調が悪くなったら元も子もないですから」

高橋は素直に頷いた。口数は少ないが、坂下の言いつけをよく聞いてくれる優等生だ。薬と坂下の指導をきちんと守っているおかげで、今は咳も治まり体調もいいのだという。夜中に咳き込んで起きることもなくなったため、睡眠も十分取れるようになり、そのぶん仕事もしっかりできるようになった。

一度いい方向に動き出すといい循環に嵌《は》まったようで、収入が増えたことにより食生活も充実し、宿のランクも上がった。衣食住の充実は気力と体力の回復を早くする。

少しずつではあるが、こうして一段ずつ階段を上っていくように生活の改善をしていくことが生活再建への一番の近道だ。いずれ街を出て定職に就くことも、夢ではない。

「明日週払いの金が入るんだ。夕方にはまとめて払いに来るよ」

「そうですか。ありがとうございます。あまり無理しないでくださいね。それでは、どうぞお大事に」

高橋が診察室を出ると次の患者を呼ぶが、待合室からもう終わったという常連たちの声が返ってくる。いったん休憩を入れることにした坂下は、立ち上がって窓際に立ち、外を眺めた。

「あ〜、いい天気だなぁ」

坂下は広がる青空を見上げながら、思わず両手を挙げて深呼吸し、新鮮な空気を肺いっぱいに取り込んだ。そして、机の横の棚に差してある弁護士事務所から来た封筒に手を伸ばし、開封済みの中身をもう一度確認する。

出版社を相手取った訴訟は、めでたく和解が成立した。謝罪記事が載せられ、示談金を払ってもらうことで合意し、弁護士費用もそこから賄うことができた。

思っていた以上に早く解決した理由の一つに、相手が裁判を起こせないと踏んでいたぶん記者のやり方がかなり悪質だったことが考えられる。それが、坂下たちに有利に働いた。

フリーの記者に書かせた記事とはいえ、記事を掲載することを決定したのは編集長であり、出版社に大きな責任がある。坂下が記者を殴った件についても、知り合いに自分を殴らせた後に診断書を取ったことが判明した。何度も殴ったにしては坂下の拳にその痕跡がなかったことや、記者の証言に矛盾した点があることから証言が疑われた。

事件を担当した徳永という刑事は、その言葉通り、先入観を持たずに捜査してくれたのだった。担当があの初老の刑事でよかったと思う。運が味方したと言ってもいい。

また、常磐津が担当弁護士だったことが、より坂下に有利に働いた。

まさか知り合いにこの手の裁判に強い優秀な弁護士を紹介してくれる人間がいたなんて思っていなかっただろう。常磐津はその方面では有名で、あの男が担当した訴訟の勝率はこの手の裁判の中ではかなり高いのだという。

斑目のおかげだ。そして、あの美貌の外科医のおかげでもある。

本当は坂下の力にはなりたくなかっただろうに、よく手を貸してくれる気になったと思うが、それも斑目に言わせるとその魅力の賜《たまもの》なのだろう。

インターネットへの書き込みも、悪質なものについてはIPアドレスの開示請求を行い、しかるべき措置を行ったおかげか、投石被害などまったく起きていない。犯人は見つからないままだが、最近は坂下の活動を好意的に受け取ってくれる意見も随分増えているようだ。

坂下は封筒を元の場所にしまうと、窓枠に手をかけて身を乗り出した。

「みんな、がんばってるかなぁ」

命が芽吹くこの時期は、いろいろなことが上手くいきそうな前向きな気分になれる。坂下には、世界が希望に溢れているように感じられた。

窓の下を見ると、コンクリートがあるだけで誰の姿もなかった。春の暖かい日差しが降り注いでいるその場所は、日向《ひなた》ぼっこするには打ってつけだ。この時期は特等席だというのに、せっかくの場所には誰もいない。

(早く慣れなきゃな……)

思えば、長い間ここに斑目と双葉が座っていた。街に来たばかりの頃からずっとそんな光景を眺めていたせいか、いまだにここに誰もいないことに少し違和感を覚える。

ちょっぴり寂しいが、さよならではない。双葉は洋との生活に向けて前に進んでいるし、斑目もまた離島で医師として働いている。

二人を想い、来たばかりの葉書を机の引き出しから取り出して眺めた。思わず目が細くなる。

双葉の横で、洋が笑っていた。満面の笑みというより、つい我慢できなくなったという感じだ。それだけに、二人の距離がもうすっかり縮まったことが窺える。

一方、斑目からの葉書には、たくさんの島の人間が映っていた。年配の女性や老婆たちが、斑目を取り合うようにその腕に止まっている。

これでは、ハーレムだ。

うんざりした斑目の表情がおかしく、離島で育った若い医師がその後ろで笑っているのも微笑ましい。彼を一人前に育てながら、自分も医師としての道を再び歩み始めた斑目の表情からは、充実した生活が見て取れた。

今はまだ島の医師を育てることに専念しているが、いずれこの街に戻り、坂下とともにこの診療所で働く。

大きな夢だ。これから、斑目とともに築いていく夢。

坂下は首にかけていたお守りとホイッスルを取り出して、じっと眺めた。

助けられなかった人もたくさんいる。これからも、自分の力のなさを悔しく思うことはあるだろう。それでも、前に進んでいかなければならない。進んでいきたい。

それが、自分で選んだ道なのだ。

坂下はホイッスルを口に咥えると、大きく息を吸い込んでそれを鳴らした。

ピィイイイイ――――――……ッ。

天高く響き渡るその音は、青空に吸い込まれていく。

これを渡された時、助けが欲しい時に吹けと言われてそうしたが、これからは違う。これは、遠くにいる斑目に対するエールだ。自分もここでがんばるから、斑目もそちらで存分に力を発揮してくれとメッセージを届けたい。

いずれ、斑目とともに夢を実現させられると信じて。

もっと強くなれると信じて。

こうして斑目たちを想うだけで満たされた気持ちになり、坂下は心から感謝した。

この出会いに。そして、この街に……。

「ごらぁ、俺の目ぇは誤魔化されんぞ！」

「なんじゃあ！　難癖つけんのかい！」

清々《すがすが》しい気分でその余韻に浸っていると。それを台無しにするようなドスの利いた声が聞こえてきて、坂下は溜め息を漏らしながら待合室のほうに目をやった。

またオヤジ連中の諍《いさか》いが始まったかと、呆れる。

つかつかと歩いていき、待合室へと向かった。どうやら賭け事をしていて、イカサマをしただのしてないだので揉めているらしい。胡座《あぐら》をかいた男たちが、互いの胸倉を摑んで今にも立ち上がって殴り合いを始めようというポーズを取っている。

「何喧嘩してるんですか！　ここで騒ぐなら出ていってもらいますからね！」

坂下が怒鳴ると男たちは顔色を変え、互いの胸倉を摑んだ手を離した。そして、すぐに言い訳を始める。

「だってよぉ、こいつが負けを認めねぇから」

「そっちがずるしたから悪いんだろうが！」

「なんだとぉ。そうやっていちゃもんつけりゃチャラになると思いやがって！」

「あーもう、うるさいっ！」

ゴッ、ゴッ、とゲンコツを喰らわせ、喧嘩をやめさせる。オヤジたちは目に涙をためて頭を押さえながら、坂下を恨めしげに見上げた。

「な、何すんだよ！」

「痛ぇな、この暴力医者！」

「喧嘩なんかするからですよ！　まったく、ここは病院ですよ。一応開放してますけど、元気な人は出ていってもらっていいんですからね！」

いつも世話になっているからか、坂下が叱るとすぐに反省の色を見せた。

「ちっ、かーいい顔して凶暴なんだからよぉ。本当に医者かよ」

「なんですって！」

「わ〜、すまんかった。悪かったたって、冗談じゃねぇか」

本当にわかっているのだろうかと思いながら、腕組みをしたまま二人を冷たく見下ろす。

「喧嘩両成敗ですからね。どっちが手を出しても駄目ですよ」

一呼吸置き、黙りこくる男たちに厳しい口調で言った。

「返事はっ？」

坂下の剣幕に押されてか、二人はドスの利いた声で「は〜い」と声を揃えて返事をした。

診察室に戻ろうと踵を返すと、ほんの今まで喧嘩をしていた二人が他の連中とともに賭け事を再開する声が聞こえてくる。

笑い声。怒鳴り声。時には手の届かないグラビアアイドルを想う切なげな声。
坂下診療所は、今日も賑《にぎ》やかだ。

あとがき

この本を手に取っていただき、ありがとうございます。中原一也です。

とうとうシリーズ最終巻となりました。このシリーズをきちんと自分の手で終わらせることができて、本当によかったです。正直、まだ坂下たちを書いていたいという気持ちがないわけではありません。このキャラたちを書くのは、本当に楽しいのです。

ですが、双葉や斑目の卒業というラストはずっと前から思い描いておりまして、ダラダラお話を書き続けていくのではなく、自分の手できちんとピリオドを打ちたいと思っていたので、担当さんに二人の卒業を提案しました。

寂しい気持ちはありますが、今は二人の卒業をちゃんと書くことができて本当によかったと思います。特に斑目の卒業は一冊にまとめられず、かなり悩んだのですが、担当さんが二冊に跨がってもいいと言ってくださり、十分ページを使って坂下の葛藤など存分に書くことができました。あの時のご提案がなければ、無理に一冊に詰め込んで消化不良になっていたかもしれません。大事なシリーズのラストがそんな形にならず、満足いくものとして皆さんのお手元に届けられたことに、感謝いたします。

こう書くと、よっぽどの大作を書き上げたみたいですが（笑）、私にとってはそのくらい思い出深く、特別なものになったのは間違いありません。

皆様にとっても、そんな特別な作品になっていれば嬉しいです。

それでは最後に、挿絵を担当してくださった奈良千春先生。素敵なイラストをありがとうございました。毎回毎回、イラストにお話の中のキーワード的なアイテムが隠されていて、ラフを拝見するのが楽しみでした。心から感謝いたします。

そして担当様。大事なシリーズをできるだけ私の納得いく形で……、と作家の立場になって考えてくださり、ありがとうございました。ご指導もあったおかげで、満足いく形でピリオドを打つことができました。感謝してもしきれません。

そして最後に読者様。最後までおつきあいいただき、ありがとうございました。楽しんでいただけましたでしょうか？　末永くお手元に置いていていただける作品になっていればいいなと思います。そしてまた、別の作品でお会いできれば幸いです。

中原　一也

本作品は書き下ろしです

中原一也先生、奈良千春先生へのお便り、
本作品に関するご意見、ご感想などは
〒101-8405
東京都千代田区三崎町2-18-11
二見書房　シャレード文庫
「愛とは与えるものだから」係まで。

CHARADE BUNKO

愛《あい》とは与《あた》えるものだから

【著者】中原一也《なかはらかずや》

【発行所】株式会社二見書房
東京都千代田区三崎町2-18-11
電話　03(3515)2311［営業］
　　　03(3515)2314［編集］
振替　00170-4-2639
【印刷】株式会社堀内印刷所
【製本】ナショナル製本協同組合

落丁・乱丁本はお取り替えいたします。
定価は、カバーに表示してあります。

ISBN978-4-576-13184-9

http://charade.futami.co.jp/

CHARADE BUNKO

スタイリッシュ&スウィートな男たちの恋満載

中原一也の本

そんなに恥じらうな。歯止めが利かなくなるだろうが

愛してないと云ってくれ

イラスト＝奈良千春

日雇い労働者の街の医師・坂下と労働者のリーダー格・斑目。日雇いエロオヤジと青年医師の危険な愛の物語。

「愛してないと云ってくれ」続刊！

愛しているにもほどがある

イラスト＝奈良千春

医師・坂下は、元敏腕外科医で今はその日暮らしの変わり者・斑目となぜか深い関係に。そこへある男が現れ…

坂下を巡る斑目兄弟対決！

愛されすぎだというけれど

イラスト＝奈良千春

医師・坂下と日雇いのリーダー格の斑目。平和な日常は斑目の腹違いの弟の魔の手によって乱されていく…

『愛してないと云ってくれ』シリーズ
完結記念小冊子
応募者全員サービス!!

『愛してないと云ってくれ』シリーズ完結を記念しまして、
書き下ろし小冊子応募者全員サービスを実施いたします。
坂下先生&斑目のその後♥　どしどしご応募くださいませ☆

応募方法　郵便局に備えつけの「払込取扱票」に、下記の必要事項をご記入の上、500円をお振込みください。

記入見本

◎口座番号:
00100-9-54728

◎加入者名:
株式会社二見書房

◎金額:500円

◎通信欄:
中原一也全サ係
住所・氏名・電話番号

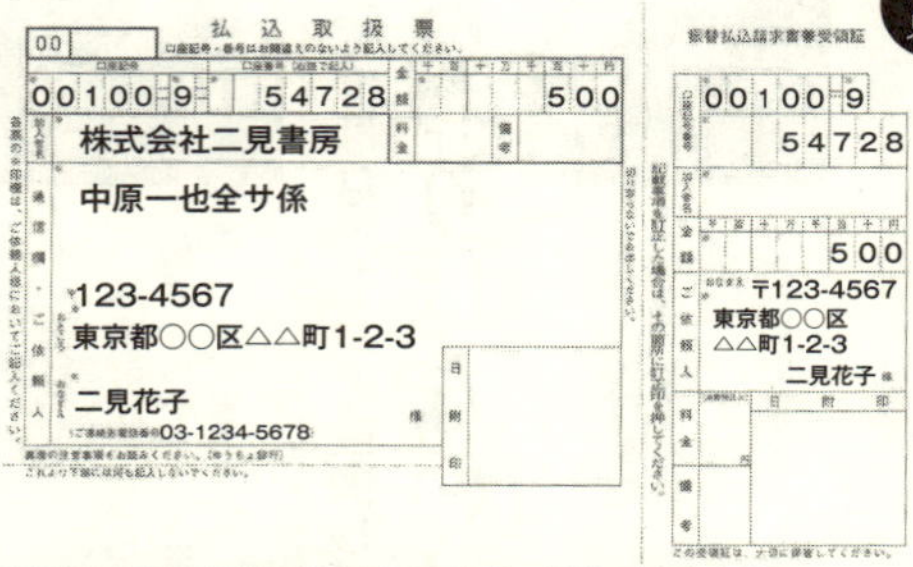
払込取扱票
00100-9-54728
500
株式会社二見書房
中原一也全サ係
123-4567
東京都○○区△△町1-2-3
二見花子
03-1234-5678
振替払込請求書兼受領証
00100-9
54728
500
〒123-4567
東京都○○区
△△町1-2-3
二見花子

注意事項

・**通信欄の「住所、氏名、電話番号」はお届け先になりますので、はっきりとご記入ください。**
・**通信欄に「中原一也全サ係」と明記されていないものは無効となります。ご注意ください。**
・控えは小冊子到着まで保管してください。控えがない場合、お問い合わせにお答えできないことがあります。
・発送は日本国内に限らせていただきます。
・お申し込みはお一人様３口までとさせていただきます。
・２口の場合は 1,000 円を、３口の場合は 1,500 円をお振込みください。
・通帳から直接ご入金されますと住所(お届け先)が弊社へ通知されませんので、必ず払込取扱票を使用してください(払込取扱票を使用した通帳からのご入金については郵便局にてお問い合わせください)。
・記入漏れや振込み金額が足りない場合、商品をお送りすることはできません。また金額以上でも代金はご返却できません。

締め切り　2014年2月28日(金)

発送予定　2014年4月末日以降

お問い合わせ　03-3515-2314　シャレード編集部